KB057111

옆에 앉은 남자가 말을 거는 거야. 비행기에서? 갑자기? 그래. 부드러운 남자가 말하는 거지. 당신을 기다렸어요. 그럼 내가 대답해. 날 아세요? 너무 구려서 뇌졸중이 올 것 같아. 비행기에서 만나는 건 너무 흔해. 그럼 이건 어때, 여행 중에 관광객들에게 치이다 지쳐 골목길로 들어서는데, 골목길에서 새하얀 티셔츠를 입고 서 있던 잘생긴 남자아이가 말하는 거야. 안녕하세요. 당신을 기다렸어요. 걔가 장기를 뜯어 가는 놈이거나 마약팔이 같은 거야? 아니 멍청아. 모르겠네. 모르겠다고? 나는 신혼여행을 간 거야. 신혼여행을 가는 비행기 좌석에서, 아니면 사방에 줄줄 햇빛이 사과주스처럼 흘러내리는 하바나의 골목길에서 일어나는 일이라고. 연인은 어디에 있는데? 어디 말없이 숨어 있겠지 내성적일 테니까. 아니면 죽었거나. 너무 소심해서 내가 죽였나? 아무튼 그래. 죽은 걸로 하자. 그럼 좀 자연스레 깊이가 생기겠다. 그치? 죽었는데 신혼여행을 간다고? 아니. 신혼여행이 아니라 이별 여행이었어. 추모 여행이거나. 손가락에 반지가 끼여 있겠지. 어쩌면 두 개가 끼여 있을지도. 지나가며 보이는 온 사물들이 껍데기로만 존재하고 있는 것처럼 보일 테고 풍경은 마음의 무게와 상관없이 가볍게 흘러가겠지. 네 양심도 방금 다 흘러가버린 것 같은데? 죽음을 이용하는 건 비겁해. 그건 세상에서 가장 쉬운 방법이라고. 재능이 정말 눈곱

만큼도 없어서 아예 재능이라는 말 자체를 무의식중에 스스로 지워버린 애들이나 쓰는 수법인 거야. 알았어. 알았어. 아무도 안 죽었어. 됐지? 그냥 좀 지쳐서 떠난 거야. 누구랑 헤어졌거나. 회사에서 짤렸거나. 누가 죽었거나. 죽음은 금지야. 알았어. 그리고 지쳤다고 여행 가면 사람들은 배알 꼴려할걸. 그 개새끼들한테 실제로는 나도 가난뱅이라 어디 못 간다고 좀 전해줘. 근데 막상 그 새끼들은 잘만 돌아다닐 거 아니야? 그래서 골목길의 잘생긴 남자애가 뭘 어쩌는데. 아니야. 조금 더 다른 상황들을 생각해봐야겠어. 비행기가 정말 별로야? 타원형 창문으로 햇빛이 맑게 펼쳐져서 잠깐 동안 눈을 가늘게 뜨고 있어야 하는 장면을 떠올려봐. 알아. 그런 곳에서 그런 일을 기대하는 사람들이 꽤 있겠지. 근데 이코노미 좌석에서 몇 시간째 방귀도 참으면서 다리를 오므리고 있는데 얼굴에 기름 때 낀 놈이 옆에서 느끼하게 말을 걸어오면, 속으로 제발 좀 닥치라고 생각하거나 낙하산으로 목을 매달아 창밖으로 던져버리고 싶다고만 생각할걸. 알았어. 비행기는 포기해볼게. 그 잘생기고 귀여운 남자애는 언제쯤에 만나고 싶은 건데? 처음? 아니면 중간? 마지막이 좋을 수도 있겠다. 이상하고 고된 여행을 마칠 때쯤에, 여행 중에 비처럼 피할 수 없이 닥쳐온 어떤 순간에 이르러 과거를 떠올리게 되고 개 같은 과거가 아름다운 풍경이 펼쳐진 현재로까지 배어오고 가끔 그것을 넘어선 최악의 일들까지 겪게 되고 나서 삶의 뻔하고 개 같은 깨달음을 얻기 바로 그 직전에 만나는 것도 좋겠어. 벌써 그런 걸 백 개쯤은 본 것 같은데 적어도 지금 당장 LA에만 하더라도 이런 내용의 시나리오가 거기 파티장에서 자살한 사람들 숫자만큼 쌓여 있을걸? 죽음은 금지라며. 그리고 넌 아직 이 이야기의 디테일들도 모르면서 그렇게 말하면 안 되지. 지금 불 꺼진 거야? 슬슬 시작하려나 보다. 저 사람이 교수야? 사람 아니야. 인공지능이 하는 강의 들으러 온 거잖아. 잊었어? 몰랐지 당연히. 너가 그딴 말 안 했으니까. 너가 그냥 존나 웃긴 강의 들으러 가자고만 했잖아. 이제 알았지? 미친 요새는 로봇도 구찌를 입는구나. 혐오 발언 좀 그만해. 오늘 강의 주제가 뭐라고? 사라진 현재의 공기계적 재현. 일 거야 아마. 그게 왜 존나 웃긴 강의인 건데? 존나 웃긴 강의라고 하지 않았으면 너 안 왔을 거잖아? 이런. 저 사진은 사람 아니야? 맞아. 로봇으로 전이하기 전 인간이었을 때의 모습인 것 같은데. 귀엽네. 지금이랑 거의 똑같은 것 같아. 난 자야겠어. 끝나면 깨워줘. 안 돼. 왜? 쟤네들은 자는 사람들의 뇌를 해킹하거든. 설마. 사실이야. 그래? 그러라고 해 매일, 매 순간 내 머릿속에서 일어나는 지옥을 겪다 보면 쟤네들의 머리통이 터져버릴 테니까. 자지 마. 너가 자면 억울할 것 같아. 뭐가 억울해? 나 혼자 이 시간을 버텨야

하는 게 억울해. 너 진짜 등신이야? 너가 오자고 했잖아. 그랬지. 그래도 자지 마. 강의를 듣다 뭔가 떠오를지도 모르잖아? 있지, 사실 벌써 영감이 떠오르긴 했어. 거봐. 거의 태어날 때부터 쓰레기 같은 소설만 써서 평단과 독자와 부모에게까지 버림받은 소설가가 어느 날 교통사고를 당해. 몰라, 트럭에 밟히거나 빙판길에 미끄러져 언덕을 굴렀을 거고 큰 사고였으니 큰 수술을 해야 했겠지 근데 이 빌어먹는 소설가는 당연히 보험도 들어두지 않아서 도저히 병원비를 낼 수가 없는 거야. 병실에 사지가 묶인 채로 천장의 얼룩을 삶의 은유처럼 바라보고 있는데 어떤 사람이 나타나더니 제안을 하는 거지. 당신을 살려주겠다. 영원히. 저는 돈이 없는걸요. 내가 다 지불하겠다. 오 하느님 감사합니다. 다음 날 소설가가 눈을 떴을 때 그는 이미 로봇이 되어 있는 거지. 그게 너가 받은 영감이라고? 저 교수가 지금까지 했던 이야기를 그대로 똑같이 따라 한 거잖아? 로봇이 된 소설가는 알고리즘인가 나발인가의 기법으로 1초 동안 지구상에 실제로 일어난 모든 일들을 문장화해 엮어낸 32만 페이지짜리 지구촌 버전의 율리시스를 써내 베스트셀러 작가가 되고 교수 자리도 얻지. 물론 그 책에는 1초간 종달새의 날개에 소용돌이무늬를 그려내고 사라지는 바람에 대한 319페이지짜리 묘사도 있고, 학교가 끝나고 책가방을 부여잡고서 계단을 다 함께 뛰어오르

는 아이들의 무의식 속에서 1초 동안 일어나는 822페이지
짜리 미래도 있고 물론 그 책을 끝까지 읽은 사람은 아직 아
무도 없어. 다이너 테이블 접시 위로 버터 조각이 올려진 팬
케이크 꼭대기에서부터 흘러내리는 투명한 시럽이 액체적
미디어이자 가상 혹은 디지털 감각의 다차원 위상공간이 되
어 겹겹이 쌓인 팬케이크라는 도시들을 연결시키는 99페이
지짜리 개소리도 있겠지. 뭐? 여하간 개 같은 걸작을 몇 백
만 권 팔아먹고선 칸쿤 해변의 선베드에 누워 석양을 바라보
며 로봇 주둥아리로 마티니를 빨고 있는데 갑자기 공황장애
가 오는 거야. 바라보고 있던 석양이 머리 위를 뒤덮더니 핏
물이 되어 온몸을 적시는 거지. 그는 피의 폭풍에 휩싸이며
병실에서 바라보았던 얼룩을 생각해. 부디 여기에 얼룩을 엮
는 유치한 수작은 때려치워. 기계가 공황장애를 겪을 수 있
나? 라는 의문이 공황장애를 더욱이 악화시키게 되고 그는
정신이 흩뿌려놓은 피로 흠뻑 젖은 채 해변을 혼자 걸어 다
니며 백사장으로 엎어져오는 모든 파도의 각도와 달과의 중
력 관계를 하나하나 연산하지. 계속해봐. 그리고 어느 날 그
가 연 강의에서 어느 친구들이 청중석에 앉아 있는 모습이
보이는데 그중 잠을 자려던 친구가 잠을 깨우는 친구를 목
졸라 죽여버려. 그거 혹시 우리 이야기야? 네가 계속 자는 걸
방해하면 우리 이야기가 될 거야. 너 이야기를 듣고 나니까

저 교수가 정말 공황장애가 있는 것처럼 느껴져. 저 표정을 좀 봐. 자기가 성공한 로봇인지 실패한 인간인지 고민하고 있어. 그렇지 않아? 그만 자고 일어나서 좀 봐봐. 됐어 나갈 거야. 같이 가자. 넌 강의 들어야지. 이미 질렸어. 그러시겠지. 핫도그랑 커피 살게. 좋아. 거기 가려는 거지? 그 트럭은 핫도그보다 커피가 훨씬 맛있어. 차라리 카페를 차리는 게 낫지 않나. 카페로 바꾸면 망할걸 핫도그가 형편없어서 커피가 맛있게 느껴지는 걸 테니까. 그리고 난 거기 테이블이 좋아. 길모퉁이에 스테인리스 의자 몇 개 대충 던져둔 걸 테이블이라 부르는 거야? 거기 길바닥 보긴 했어? 케첩인지 비둘기 시체인지 모를 것들이 엉켜 달라붙어 있잖아. 볼 때마다 구역질 나는데 제정신으로 오는 이들이 없으니 아무도 치우질 않아. 왜 거기 모퉁이 벽면 가득 커다랗게 붙여놓은 우주 사진은 마음에 들던데. 무슨 우주 정거장에 딸린 레스토랑에 앉아 있는 기분이 들잖아. 그래봤자 싸구려 우주지. 이미 한참 전에 맛이 간 우주이고 매킨토시 바탕 화면처럼. 그래도 한번 떠올려봐. 뭘? 그냥 처음에는 단지 몇 개의 별만 보이는 거야. 조그맣게 입을 오므린 별들이 휘파람을 불듯이 별빛의 세기로 도미타 이사오의 드뷔시 연주가 번져 오르지. 단지 몇 개에 불과했던 별들에게서 서서히 멀어지며 멀어지는 만큼 작아지는 별들 주위로 그와 같은 수많은 별들이 보이기 시작해. 곧 하나하나 아득한 시간을 품은 별들이 수없이 모여 거대한 색채의 물결을 만들어내는 은하가 드러나지. 영롱한 빛깔을 자아내며 화음처럼 퍼져 나가는 은하는 경계를 색채로 끝없이 녹여 내리고 그렇게 점점 더 아스라이 넓어지는 은하에게서 잔바람에 가느다랗게 흩날리는 머리칼이 슬쩍슬쩍 나타나는 거야. 아주 조금씩 멀어지는 동시에 넓어지는 은하를 사이에 두고 서로 다른 모양과 색깔의 두 머릿결이 보이고 이제 은하를 배경으로 핫도그와 커피를 먹는 연인의 두 얼굴이 등장하지. 은하는 이전과 같은 속도로 계속 멀어지고 녹슨 스테인리스 의자에 앉아 눈도 마주치지 않으며 핫도그에 담배를 비벼 끄거나 다리를 바꿔 꼬아 앉아보는 연인의 전신까지 나타날 때, 아무 대화 없는 연인이 발 딛고 있는 더러운 길바닥과 낙서된 건물들의 거리로 사람들이 걸어 지나가. 지나가는 사람들의 옷차림에 연인은 가려지고 더 이상 들려오지 않는 음악의 자리로 강아지들의 경쾌한 발걸음 소리가 몰려오는데 햇볕을 향해 거의 자면서 끌려오고 있는 어느 마약중독자 꼬마 애의 허리띠에 묶인 목줄을 이끌고서 시궁창에서 나온 아홉 마리의 강아지가 물에 흠뻑 젖은 채 다 함께 고개 들어 콧노래 부르며 행진하고 싸구려 우주는 여전히 거기에 버려져 있고 강아지들이 털어낸 물방울이 무지개를 이어내고 그늘진 바닥에는 검은 물기가 흐르고

두 사람이 걸어가

즐겁고 낙관적인 미래의 구축은 그것이 벌충하는 모든 슬픔 없이, 그리고 항구적으로 재건설되어야 할 모든 슬픔 없이는 아무것도 의미하지 않는다.

—아르테미 마군Artemy Vladimirovich Magun

이상우 소설
두 사람이 걸어가

초판 1쇄 발행    2020년 6월 11일
초판 3쇄 발행    2023년 10월 20일

지은이      이상우
펴낸이      이광호
주간        이근혜
편집        조은혜 최지인 이민희 박선우
펴낸곳      ㈜문학과지성사
등록번호    제1993-000098호
주소        04034 서울 마포구 잔다리로7길 18(서교동 377-20)
전화        02)338-7224
팩스        02)323-4180(편집) / 02)338-7221(영업)
전자우편    moonji@moonji.com
홈페이지    www.moonji.com

ⓒ 이상우, 2020. Printed in Seoul, Korea
ISBN 978-89-320-3639-7 03810

이 도서의 국립중앙도서관 출판예정도서목록(CIP)은 서지정보유통지원시스템 홈페이지(http://seoji.nl.go.kr)와 국가
자료공동목록시스템(http://www.nl.go.kr/kolisnet)에서 이용하실 수 있습니다. (CIP제어번호: CIP2020022281)

# 두 사람이 걸어가

이상우 소설

베개 밖 흐르는 머리칼 침대 아래로 검은색 오른 어깨선 수두 자국 팔꿈치 담요 밖 매니큐어 벗겨진 발톱 흘린 듯이 옷가지들 물처럼 파묻힌 얼굴 베개 속 흐르는 머리칼 사이로 햇빛이 조금씩 방으로 침대 밑에서 기어 나오는 여자 더듬거리며 검은색 머리칼 두 여자가 방 안에 유리를 통과해 온 모양새로 부서진 빛은 투명한 둘레들 침대에 누워 잠든 여자의 뒤통수를 바라보는 침대 밑에서 기어 나온 여자 창문 없는 방 베개 옆 흐르는 머리칼

3월 2일

"사람들은 이동 시간을 세 시간 단축하기 위해 통째로 없어져버린 마을들에 대해 종종 이야기했다."


3월 5일

나무 속으로 날아 앉는 새들 뒤로 햇빛이 들어서고 여기의 종소리는 어쩔 수 없이 아르보 페르트를 떠올리게 하는데 좋은 연상 같지는 않다. 더 나은 게 있을 텐데. 어젯밤 루 린링을 만나 녹음기를 빌렸다. 우리는 줄을 서다 결국 커피를 포기한 뒤 빈손으로 광장을 걸었고 둘 다 토트백에 책 한 권씩을 챙겨 나왔지만 꺼내보지도 않아서, 요즘 책을 읽고 싶지가 않아, 그러게 그래도 또 막상 읽으면 좋겠지. 맞아 분명히 그럴 거야, 하지만 전혀 읽고 싶지 않아. 헤어지는 길에 스시집 유리창 앞에 서 있는 덩치 큰 랍비를 보았다. 녹음기에는 미에치스와프 바인베르크 교향곡 실황과 링이 아닌 목소리로 발음된 타이완어가 녹음되어 있어 그릇을 치우며 듣다가, 침대에 걸터앉아 무릎 위에 세미나 팸플릿을 올려둔 채 졸았다. 아이들 달리기 소리. 잠에서도 외국이 연속되는 것

18

을 느낀다. 옅게 소름이 돋아 약부터 찾았으나 다행히 보일
러가 한 번에 작동해 따뜻한 물로 오래 샤워했다. 계단을 내
려오던 조시가 발을 헛디뎌 현관까지 굴러떨어져 와 부축해
줘야 했고, 버스에서 조시는 앱으로 2천 유로짜리 랑방 셔
츠를 결제하고선 몇 분 뒤 창문을 열고 토했다. 술이 깨지 않
은 쿼터백이 잔디 위를 걸어간다. 게시판을 확인해보니 기
욤 르 블랑 세미나 투어 모임 공지에 아무 이름도 적혀 있지
않았다. 보다 훨씬 먼 곳에서 열리는, 지제크가 참석할 확률
이 있다고만 적힌 세미나 투어 모임 공고에는 종이 밖으로까
지 이름이 빼곡히 적혀 있고, 수업이 끝나고 나서 녹음기를
확인해보는 중에 한 학생이 기욤 르블랑 세미나 투어 모임
공지를 올린 게 당신이냐고 물어와 맞다고, 자신은 논문을
준비 중인데 그 세미나가 도움이 될 것 같아서 고민 중이라
고 말해오며 그런데 혹시 당신 한국 사람인지? 맞아요, 그럼
2NE1이랑 친해요? 아니요. 당신은 살만 루슈디랑 친해요?
네, 저희 작은 할아버지예요. 어떤 책을 읽으셨나요? 교정을
걷다 자판기 앞에 서서 또 졸았다. 좁고 어두운 상가 복도 끝
환한 유리창. 파비오의 야외 테이블에 앉아 책을 꺼내놓지도
않았다. 파라솔 아래 사람들 얼굴이 흐릿해 구름 몇 점 지켜
보다 브루노 교수가 도착해 함께 샌드위치를 먹으며 공원을
조금 걸었다. 브루노 교수가 최근에 다시 읽고 있는 글이 있

다며, 가방에서 케이길의 책을 꺼내 광장에 관한 몇 문장 옮겨줘 듣다 샌드위치 씹은 채로 졸았다. 개구리? 넓고 투명한 소리. 링이 추천해준 코인세탁소에 들르니 과연 커피 자판기가 있어서 간이 의자에 앉아 오랜만에 커피 마시고 집으로 돌아왔다. 간단히 청소하고 녹음한 소리들을 들었다. 밤에 계단에서 또다시 술 취한 조시를 만났는데 그를 부축해온 동료에게 그가 오늘 경기를 뛸 수 있긴 했느냐고 물어보니, 우리 예쁜 조시가 3쿼터 만에 420패싱야드를 기록했다고 말해줬다. 동료의 이름은 마시오였다.


3월 6일


링의 집 앞 푸드 트럭에서 핫도그 먹었다. 강아지와 산책 나온 푸른 머리의 여자가 커피를 주문하고선 강아지를 잠시 맡겨둔 채 사라졌다. 캐틀도그는 다섯 살쯤 되어 보였는데 처음에는 몰랐지만 트럭 주변을 뛰노는 모습을 지켜보다 보니 다리 하나가 없었다. 빈 자리를 들여다볼수록 죄책감이 들어오고, 곧 주택 대문을 열고 나온 링이 강아지의 이름을 부르며 배를 간지럽혀주다 코트 소매에 케첩이 묻었다고 알려줘 포장지 겉면으로 닦아냈다. 우리는 전철을 타기 위

해 역으로 걸어가면서 차이잉원의 양안 정책을 두고 약간의
말다툼을 했는데 맞은편으로 햇빛을 등진 채 과자 한 봉지
를 들고 걸어오는 아이들을 보니 그저 과자 봉지를 들고 가
는 아이들 그것뿐이었음에도 어색했던 분위기가 사라져, 역
에 도착해서는 링이 날씨가 좋으니 그냥 걷자고 해 그러기로
했다. 길이 넓어 서로 어깨 부딪힐 걱정 없이 생수 한 병씩을
들고서 걸으며 말 탄 경찰들이 여전히 익숙하지 않아 그들을
올려다봐야 할 때마다, 이렇게 너무나 자연스럽다는 듯이 시
선을 이끌어내며 체감되어오는 봉건성이 의도적으로 이곳
에서 샘솟듯 자라나고 있을 의식들을 현대로부터 유예시키
고 있는 것은 아닌지. 과일 가게 바구니에 담긴 포도향을 맡
아보거나 서점 벽에 걸린 안토니오 타부키 초상화를 보곤 혀
를 차거나, 링이 덜어준 핸드크림 손에 바르며 손바닥 네 개
가 하얗게 공중에서 빛 사이로 뒤집히고 미끄러지면서 손가
락들 빛 속에서부터 자라나듯. 사브리나를 만나기 전에 링은
최근 사브리나가 팔레 미켈보르 섭외 문제로 예민해져 있을
지도 모르니 혹시나 짜증을 내도 이해해줘, 마침 사브리나에
게 전화가 걸려왔고 약속은 취소되었다. 링이 뭐 좀 먹을까
뭐 먹고 싶어 물어와, 그런데 지금 이 시간은 그 누구의 잘못
도 아니라고. 맞아. 근처에 파라솔을 설치하고 있는 가게가
있어서 직원을 도와 같이 파라솔을 펼치고 난 뒤 맥주와 파

니니 먹었다. 좋았는지, 아마 그러지 않았던 것 같다. 우리는 다음 주에 옵 프란선스의 공연이 올라올 예정인 성당에 미리 가보려다가 오래 걸은 탓인지, 맥주 탓인지 한 정거장 거리쯤을 걷다 귀찮아져 각자 집으로 돌아왔다. 저녁에 사이렌 소리가 들려 잠에서 깨어났는데 일어나 창밖을 살피진 않았고 가시지 않은 약 기운에 침대에 누운 그대로, 방 안이 붉은 빛으로 물들다 어두워지고 또 붉게 번지다 도망치는 모습을 물 밖처럼 지켜보다 다시 잠들었다.


3월 7일


모임 공지에 번호 하나가 적혀 있어서 전화했더니 교외의 비엣남 레스토랑으로 연결됐다. 피자 두 조각 포장 받아 농구 코트 관중석에 앉아 먹었다. 학생 또래의 경비원이 주위를 걸어 다니며 학생들이 농구하는 모습을 훔쳐보고 있었다. 공이 그물망을 빠져나오는 소리. 들을 때는 자연스럽지만 상상할 때는 잘 들리지 않는다. 앞줄에 앉아 돈과 약을 교환하던 두 학생 중 약을 건넨 이는 자리에 남아 책을 펼쳐 읽었는데, 아마 알랭 바디우의 에세이 모음집이었던 것 같다. 작년에 클립으로 본 캐나다 영화에서도 한 인물이 반복해서 그 책을 읽기에 찾아본 적 있었다. 왼쪽 코트가 5점 차로 이겼고 농구하던 학생들이 코트에서 PBR&B 틀어놓고 맥주 마셨다. 붉어진 그들의 얼굴에게로 햇빛이 비쳐오면 몇몇은 입을 다물고 각자만의 장소를 향해 고개를 돌렸다. 그곳에 경비원은 없었다. 파비오 주변의 길을 걸으며 마지막으로 읽은 문장이 뭐였는지 떠올리려 했지만 당연히 그런 걸 기억하기는 어려웠고, 초저녁, 스케이트보드 소리가 성당 뒤로부터 몰려왔다. 결국 보더들을 보지는 못해서, 이렇게나 인근이면서도 어쩌면 이곳이 아닐지도 모른다고 이곳에서 이곳이 아닌 모습으로 일어나는 사건들, 가로등 불이 켜지기 전에, 보이지 않는 스케이트보드 바퀴 소리 좇아 파랗게 젖어가는 벽. 이미 이미지 속에 너무 많은 죽음이 있다.


3월 8일


나가유미에게서 메일이 왔다. "하나사키 공원에서 와다 묘원까지 걸어가다 보면 왼편으로 바다를 볼 수 있습니다." 자전거가 타고 싶어져서 대여소를 찾아갔지만 남은 자전거가 없었다. 수업 중에 한 학생이 손을 들어 레니 리펜슈탈의 영화를 보고 토론하자 건의했다. 약간의 야유가 있었는

23

데 누구도 말은 안 했지만 '아 구려' '묘지에 가서 니네 할아버지 시체랑 이야기해' 정도로 해석됐다. 곧 살만 루슈디의 사촌 손녀가 1970년 소련에서 일어났던 하이재킹 사건을 언급하며, 당시 납치범들에 의해 살해당했던 나데즈다 쿠르첸코라는 승무원과 그를 기리기 위한 시를 썼던 올가 포키나의 작품들을 읽어보며 전후 그리고 쿠데타 이전 소련 사회의 여성 억압에 대해 토론하자 제안해 다른 학생들도 받아들였다. 도서관에 가니 창으로 햇빛이 비스듬히 들어와 밝은 먼지들 사이를 걸었다. 올가 포키나의 가벼운 집, 전차, 세 가지 빛을 골랐지만 펼쳐보진 않았고 책상 위에 올려둔 채 표지만 구경했다. 안경 닦는 소리, 눈에 익은 학생 몇이 러시아 문학 코너를 서성이는 것을 보곤, 책들을 다시 꽂아놓은 후 교정으로 나섰다. 자전거 탄 사람들이 이마를 내보이면서 사라짐. 파비오 야외 테이블에서 카포나타 먹다 마시오를 만났다. 가벼운 악수 후 대충 조시와 관련해 몇 마디 나누곤 각자의 자리로 돌아갔는데 마시오와 함께 온 친구들은 체격들로 보아 팀 선수들 같지는 않았고, 가게 안 TV에서 중계 중인 축구 리그를 보며 친구들이 다른 손님들과 어울려 소리치면, 마시오는 혼자 양손을 이용해 바구니에 담긴 빵을 얇게 찢고선 치즈를 얹어 그릇 위에 올려두었다. 아무 소리도 없었던 것 같다. 집에 오는 길에 혹시나 싶어 다시 전화를 걸어보니 여전히 교외의 비엣남 레스토랑으로 연결되어 인사말을 건네보았지만 건너편에선 알아듣지 못해, 오해가 있었던 것 같다 죄송하다 말하고 끊었다. 나가유미에게 답장을 해야 할까. 녹음기 틀어놓고 고민하다가 청소도 하고, 샤워도 하고, 하이재킹 사건을 검색해보고, 결국 답장은 나중에 하기로 했다. 그러고 보니 나가유미가 어떻게 생겼었는지. 대화들과 대화를 나눴던 장소, 의자에서 등을 뗄 때 허리에 손을 얹은 실루엣까지는 생각이 나는데 얼굴이 어떻게 생겼었지. 사진으로 본 나데즈다 쿠르첸코는 예브게니야 우랄로바와 조금 닮아 보여 July rain이 1967년도 영화이니 두 사람은 하나의 시대에서 부여받은 감각으로 자신을 통과해나가며 아마 서로를 눈치채고 있었을 것이다. 물론 예브게니야 우랄로바에게는 너무 늦은 일이었겠지만. 이런 식의 연상은 잠재적 폭력일 수 있으며 사실 아무 의미도 없다고 또다시 깨달았다.


3월 10일


생각하고 있었나 그 순간 이후로는 영영 기억할 수 없는 생각을 아니면 조금 웃었는지 각자의 정면을 바라보며 옆에서 함께 걸어가고 있는 이의 농담 혹은 전화 너머의 목소리에 그렇게 걸어가다 지나가다 뒤돌아서 보게 된 사람은 턱을 괴고서 테이블에 기대어 앉아 있었다고 수많은 가능성의 멜로디를 한꺼번에 삭제시켜버리는 이상하지만 뛰어난 첫 음계처럼 뒤돌아서 보게 된 사람은 자그마한 정원의 가장자리에서, 흐린 날씨대로 어두운 녹색 넝쿨이 쌓여 있는 건물 외벽을 배경으로 음악은 없고 바람에 하얀 냅킨이 잔디 위로 떨어지는 야외 테이블에서 혼자 커피잔은 두 개, 자신의 것과 아무도 앉아 있지 않은 맞은편 자리에도 하나. 작고 별 볼일 없는 카페테라스에 혼자 앉아 있는 여자는 다음 날 버스를 타고 지나갈 때도 그곳에 앉아 있었지. 어쩌면 고향을 꿈꾸고 있는지도 모를 표정으로 팔짱 끼듯 테이블에 두 팔을 기대곤 한 팔을 비스듬히 세워 턱을 받친 그 자세 그대로 세계가 이동하듯이 차창 밖으로 카페와 잔디가 밀려 나가고 손잡고 뛰어오던 노인과 손녀가 멀어지고 창 모퉁이에 조금씩 남겨지던 여자 또한 남김없이 사라진 일주일 뒤 친구들의 집에서 늦은 점심을 먹고서 발코니에 나와 성냥에 불을 붙이는데 그곳에서도 카페 정원이 보이고 ㄱ 자 형태의 카페 외관에서 종횡의 외벽이 하나로 모이는 그 가장자리의 테이블에 그 여자가 앉아 있었다고 그래서 다가가 말을 건 거야? 상상은 해봤지. 발코니에서. 친구들 집 발코니에서 남은 와플 먹으러 다시 거실로 돌아가기 전까지. 강물 소리와 매일 옆집의 말다툼 소리만 들려오는 우리 집의 이 발코니에서 혼자 커피 마시며 카페의 잔디 위로 걸어가는 나의 여러 옷차림들과 여러 날씨 여러 상황 또 알잖아 여러 가지 정말이지 세세하고 지겨워서 토할 것 같은 망상들. 또 보게 되도 말 걸지 않을 거야. 그냥 지금 이렇게 입 밖으로 꺼내두어 나중에 기억하게 될 수 있다면 그걸로 됐어. 테이블에 팔 기대어 한 손으로 턱을 괴고선 발코니 바깥의 강물을 내다 보는 그의 표정 저 안쪽에서 그가 알고 있는 장소에 앉아 턱을 괴고 있는 여자의 표정이 떠오르고 두 사람의 표정이 한 사람의 얼굴 위에 겹쳐지며 한 사람의 얼굴 새겨지고 사라졌다.


3월 11일


킥보드 탄 여자아이를 봤다. 민무늬 원피스, 녹색 카디건. 새벽에 링에게 전화가 걸려와, 방금 꿈을 꿨는데 우리 둘이 비 내리는 계곡을 걸으며 타이완어로 대화를 나눴다고, 링이 손톱으로 휴대폰을 살짝씩 긁으면서 빗방울과 계곡물이 맞물려 내던 꿈의 소리를 시늉해서, 고향에 계곡이 있었어? 아니. 시계를 확인하지 않았었지만 창밖에 안개가 조금 껴 있었는데 링의 계곡도 마치 그랬던 것처럼 매끈한 자갈 고개 숙인 우리들 창밖으로 보이는 빈 길가를 젖으며 걷는 것처럼 언젠가 여기서 며칠을 걷다 지쳐 마차를 타고 잠들었던 것처럼 사늘하고 물기 섞인 공기들 정확히는 어떤 모양인지 모를 가로등들에서 소리같이 들려오는 불빛들과 불꺼짐들 눈 감음 속의 눈 쌓인 건물 안에서 계단을 올라가거나 내려오다 멈춰 제각기 다른 곳을 바라보았던 것처럼 기억나지 않는 대화를 번갈아 나누다, 다음 주 옵 프란선스 공연에서 만나자며 통화를 마쳤다. 한 사람이 몸 앞으로 커다란 검은색 우산을 펼치고서 걸어갔다 빛으로부터 온몸을 가린 채. 공원 벤치에 앉아 공원 벤치에 앉아 있는 모습을 상상했다. 초록 풀잎들, 개미들, 바람들, 인어들. 우주선들, 늙은이들. 졸았고 깨고 나서 어느 말을 생각해내려 했으나 떠올리지 못했다. 맥도날드 가서 햄버거 포장 주문하고 빈손으로 집에 돌아왔다. DT 입구에 창을 연 채 해피밀 세트 기다리는 푸조 차량에서 The ship I came here on vanished. We automatic. Don't try to plan it. But, just when it comes, handle it. Behind the lessons라는 가사 들렸고 킥보드 탄 여자아이를 본 건 이때쯤. 햇빛이 많이 남아 있어서 녹색 카디건을 걸친 아이의 뒷모습이 환하게, 오른발로 땅을 밀어내 만든 속력의 길이로 아이가 멀어져갔다. 밤이 되자 옆집의 아벨이 먹다 남은 애플파이를 들고 찾아와, 한 시간가량 이미 반쯤 맛 간 그의 남방 상좌부 타령을 들어줘야 했고 파이를 씹을 때마다 고양이 털이 혀와 입천장에 묻어났다.


3월 13일

　교정이 내다보이는 도서관 창가에 앉아 있는데 새 그림자 지나갔다. 머리 뒤에서부터 창밖으로. 펼쳐지지 않은 책을 놔두고서. 뒷문으로 나와 좁고 조용한 길들만 골라 걷다가 조반니 구이디를 마주쳤다. 어쩌면 한 번쯤 스칠 거라 예상하긴 했지만 이런 곳에서 일 줄은 몰라 지나치고 나서야 알아챘다. 조금 반가워. 골목에 자빠진 자전거 옆에서 오랜만에 유튜브로 구이디의 피아노 솔로 한 곡 들었고 다소 느끼해서 금세 껐다. 골목 쪽으로 난 발코니들에서 들려오는 TV 소리가 더 좋았다. 갑작스레 보고 싶어진 풍경이 있어서, 그걸 단순히 고가도로라고 해야 할지, 못 본 지 오랜데 공중의 거대한 선들이 어느 각도에서든지 하늘을 늘 그토록 황량한 미래적 이미지로 뒤집어놓는 모습에 자주 압도되었던 것 같다. 압도되는 기분이 좋았나, 운전을 할 줄 알아 운전석에서 바라볼 수 있었다면 또 달랐을 텐데. 분수대는 앉을 틈 없이 사람 가득히 담배향 풍겨 코트 깃을 세운 채 지나치다 카

29

페 앞에서 전에 링과 함께 놀았던 캐틀도그를 만났다. 한 번 더 앞다리 한쪽이 없다는 걸 눈치 못 채다 달려들어 껴안겨 올 때야 생각났는데 헐렁한 목줄을 잡고 있는 사람이 그때의 여자가 아니라 두피부터 얼굴 목까지 문신이 빼곡한 남자였다. 전에도 만난 적 있어? 어, 먼데이핫도그 트럭에서. 케이와와가 데리고 나갔었나 보네. 푸른 머리에 키가 이 정도. 잘 기억이 나지 않아 대충 맞다고 대답하고 나서 우리는 같은 방향으로 걸으면서 서로 얼굴은 마주하지 않고 각자 우리 다리 사이를 오가는 팽을 보거나 거리의 소화전, 목제 간판에 충져 오는 빛의 너비 따위를 살피면서 이름과 출신, 직업, 카니예 웨스트와 일루미나티를 보는 관점 등을 나누다 보니 왜 인지 시위 현장에 도착해 있었고 먼저 자리 잡고 있던 케이와와와 합류해, 정부는 난민들에게 더 나은 음식과 잠자리를 제공하라 소리치며 해가 저물 때까지 행진했다. 가두 행렬 밖의 한 남성이 난민들이 강간을 하고 다니는 걸 알고도 이 딴 시위를 벌이냐 소리쳤을 때, 케이와와가 너네들은 난민들이 들어오기 천년 전부터 강간을 일삼고 다녔지만 그동안 단한 번이라도 너네들이 주도적으로 성폭력 반대 시위를 벌이는 걸 본 적이 없다 받아쳤다. 경찰을 포함해 사람이 많이 몰려 팽을 두 팔에 안아 들고 있어야 했던 순간이 있었는데. 품에 안겨 세모난 귀를 쫑긋거리는 팽에게서 인간 이상의 생명

력을 느꼈다. 케이와와, 자피로 남매와 타코 가게에 앉아 샐러드 먹으면서, 좀 전에 시위대에게 시비를 건 남자, 그자가 시위대를 상대하는 동시에 정부 혹은 경찰 등의 공권력이 너무나 당연하게 자기 편이라고 생각하고 있다는 점이 진짜 문제라고, 또 여러 이야기, 둘 중 누군가 다시 태어나면 어떨 것 같냐고 묻자 둘 중 누군가 도대체 그만 생각을 왜 하냐고 다시 태어나면 태어나자마자 의사 손에 들린 메스를 뺏어 자기 목을 그어버릴 거라고, 갓 태어난 아기가 자살하는 모습을 상상해보다가 팽과 함께 졸았다. 헤어지기 전에 가게를 나오며 케이와와가 핀란드 친구들이 여는 클럽 파티에 함께 갈지 물어와 고마웠지만 피곤해 사양했다. 집에 도착해 뻗어 잠들려다 애써 방 안의 쓰레기를 내다 버리는 중에 만난 마시오는 조시가 오늘 MVP 인터뷰 도중 리포터의 얼굴에 토했다고 전했다.


3월 14일


전철에서 개빈 브라이어스 바이닐 들고 있는 사람 봤다. 빠지거나 조각난 이와 반장갑, 워커 끈을 보았을 때 홈리스 같았다. 바이닐을 품에 꼭 껴안고서 혼잣말을 중얼거렸지만 들리진 않았고 대신 그가 등을 기댄 유리창으로, 사물을 모두 삼켜낸 빛 자국이 핏물처럼 떨어졌다. 링과 함께 걸었던 길에서 네 블록 정도 떨어진 역에 내려 극장부터 찾았다. 보고자 했던 빌리 우드베리의 영화가 필름 문제로 상영 취소되어, 지하에 위치한 공간 특유의 하수구 냄새 나는 복도를 구경하다 나왔다. 극장 건너편의 화원에서 팔짱을 낀 채 꽃을 고르는 여성을 보았는데, 한 번도 만난 적은 없고 간간이 이야기만 들어왔던 사브리나가 아닐까 싶었지만, 건너가지 않고 코너를 돌아 북쪽 방향으로 걸었다. 어느 길목에 피자 가게와 작은 레코드점이 붙어 있었고, 조금 더 걷자 장례용 관을 파는 상점이 나타나 들어가 보니 손님으로 보이는 할머니가 상아색 관 안으로 몸을 집어넣고 있어, 이것 좀 한번 닫아주시겠어요? 처음으로 사람이 누운 관의 문을 닫아봤다. 할머니는 미소 지은 채 눈을 뜨고 있다가 조심스레 닫히는 관 뚜껑의 기울임 따라 서서히 눈을 감았는데, 신이 있어서 그것이 직업이라면 이런 순간들은 도무지 질리지 않아 그 누가 그런 직책을 가진다 한들 매초 매초마다 수많은 이들의 눈을 영원히 감기게 할 것이라고. 할머니가 관을 노크해 문을 열어드린 뒤, 그곳에서 빠져나올 수 있도록 손을 잡아드렸다. 사람의 손을 잡아본 지 오래간만이어서인지, 할머니가 죽음으로부터 돌아왔다고 생각돼서인지 조금 떨렸다. 부모님이

장의사인 조시가 어릴 적부터 어머니 옆에 앉아 시신 복원을 도와줬다는 말이 떠올라 주인에게 혹시 복원 과정을 볼 수 있겠냐 물어보니 유족이 아닌 이상 보여줄 수도 없지만 새로 계정된 건축법상 자기들은 건물을 따로 쓰고 있다며 거기까지는 또 차를 타고 30분가량 나가야 한다 불평했다. 새하얀 벽지를 바른 가게 안으로 아노락 입은 남자애가 포마드 발린 머리를 이마 위로 쓸어 올리며 들어오자 주인은 어디 나치한 테서 머리를 깎이고 왔냐 빈정댔고 남자애는 고개 저으며 아버지는 그때 너무 무서워서 태어나지도 않았잖아요,라고 그죠? 할머니의 양 볼에 입맞춤했다. 가게를 나와 숨을 들이마셨다. '이들의 작은 마음들에 은총을.' 비엣남 레스토랑에도 잠시 들렀는데 대부분 의자가 테이블 위에 뒤집혀 있는 채로, 한 테이블 주위로만 의자들이 정상적으로 놓여 있어 아무도 없는 홀의 마작 패와 지폐 섞인 테이블에 기대어 주방의 설거지 소리를 듣다 졸았다. 가지런한 의자들 사이 중년의 서아시아 남성이 비질하며 멀어졌다. 전철을 타고 돌아와, 다리 아래 강가를 걷는 동안 스케이트보드 탄 아이들 구경하다 종소리에 고개 들면 아주 멀리서 비행기 불빛 조그맣게 보였다.


한 사람이 앉아 있다. 뒷모습처럼. 걸어온 사람처럼. 버

33

스에서 내다보이는 것처럼. 신문처럼. 문이 닫히는 소리처럼. 근친상간에 중독된 것처럼. 콜택시 피켓처럼. 원장이 자살한 병동처럼. 바다 수영을 끝낸 것처럼. 옥상을 바라보는 것처럼. 쓰레기봉투 옆에 잠든 강아지처럼. 자녀를 잃은 점성술사처럼. 젖은 풀 냄새 풍기는 언덕처럼. 폐쇄된 중학교 수영장처럼. 전생의 생일처럼. 부서진 하키공처럼. 공항에서 길 잃은 아이처럼. 총기 허가증처럼. 스무 명의 성가대처럼. 모텔 카펫처럼. 한 세기 전에 녹음된 하프시코드 소리처럼. 반지하의 유리 조각처럼. 노예들을 태운 비행접시처럼. 공사장 천막처럼. 눈이 먼 비둘기처럼. 못에 걸린 스텐 칼라 코트처럼. 쌍둥이처럼. 쓰레받기처럼. 화장실 마지막 칸처럼. 불타는 공원처럼. 밤의 해변처럼. 부활절 다음 날처럼. 고등학교 탈의실의 거울에 비친 남자 치어리더처럼. 백화점에서 빈손으로 나오는 사람처럼. 수면제에 씌어진 경고문처럼. 피로 물든 변기처럼. 초소 벨소리처럼. 아기를 떨어뜨린 손처럼. 졸업식에 참석하지 않은 사람처럼. 환자 앞에서 잠든 의사처럼. 지하철 냄새처럼. 신체의 반대말처럼. 수술대처럼. 교도소에 줄 선 나체들처럼. 다육식물의 패턴처럼. 시체의 종아리처럼. 누군가 머리 박아 죽은 우체통처럼. 파트너와 오럴섹스한 경찰처럼. 화장대에 놓인 피임약처럼. 술을 끊은 것처럼. 피부로 만든 궁궐처럼. 관념처럼. 색맹처럼. 뒤

틀린 발레복처럼. VHS 화질처럼. 목 조르는 감촉처럼. 곪은
종기처럼. 리무진 행렬처럼. 액체처럼. 라틴어 발음처럼. 꼬
마가 뱉은 가래침처럼. 애도처럼. 잊힌 극장처럼. 관객의 그
림자처럼. 스툴처럼. 비행기 사고처럼. 터널처럼. 부숴진 욕
조처럼. 그을린 속옷처럼. 행성처럼. 영상 속에서처럼. 새벽
의 사팔눈 우편집배원처럼. 볼링슈즈처럼. 연극을 마친 것처
럼. 불어터진 사진처럼. 팩스 번호처럼. 젖은 운동장처럼. 교
량의 기둥처럼. 빈 유모차처럼. 복화술처럼. 서랍 속 성경처
럼. 하수도 풍경처럼. 아열대국의 교사처럼. 달리다 다리가
잘린 것처럼. 염산처럼. 장마철 호수처럼. 한 번도 돌아가보
지 않은 가정처럼. 서재에서 익사당한 것처럼. 현금처럼. 반
으로 찢어진 나무처럼. 부모결손장애처럼. 산부인과 쓰레기
통처럼. 해고당한 기관수처럼. 소변패드처럼. 테이프 감긴
안경처럼. 베드로 축일 기도처럼. 목이 꺾인 톰슨가젤처럼.
유명한 가곡처럼. 추락하는 관광버스처럼. 선고가 끝난 법정
처럼. 실종된 동생처럼. 기억이 의심스러운 여름처럼. 처음
꾼 꿈처럼. 놀이터에 넘어진 휠체어처럼. 자연사박물관 창고
처럼. 숲속을 촬영하는 드론처럼. 무성 대화처럼. 배에서 흘
러나온 내장처럼. 폭죽의 잔해처럼. 눈이 감기기 전처럼. 요
람에서 보는 모빌처럼. 오피스텔 창문처럼. 나치의 건축물처
럼. 청소부 뒷주머니의 수첩처럼. 저주처럼. 동시에 눌린 건

반들처럼. 침대 모서리처럼. 검은 접시처럼. 린치당해 함몰
된 얼굴처럼. 터진 고막의 피처럼. 베개 속 흐느낌처럼. 수도
관의 황토색 물처럼. 술집 커튼처럼. 철사에 묶인 혀처럼. 등
파인 드레스처럼. 녹슨 톱질 소리처럼. 시멘트에 찍힌 워커
자국처럼. 음 소거된 비명처럼. 구겨진 처방전처럼. 정전기
처럼. 땅을 뚫고 나온 철골처럼. 고름처럼. 마대에 피어난 곰
팡이처럼. 쥐들의 살구색 꼬리처럼. 십자가 뒤의 노을처럼.
부틀레그에 담긴 기침처럼. 기상 캐스터 뒤의 블루 스크린처
럼. 공룡의 뼈처럼. 손금 없는 손바닥처럼. 발에 치이는 호외
처럼. 우연히 본 투신처럼. 전철의 불빛처럼. 아이들이 흘린
과자 부스러기처럼. 머리통이 떨어진 잠자리처럼. 부고의 상
상력처럼. 빗나간 예언처럼. 정확해지는 구멍처럼. 과장된
겨울처럼. 재난처럼. 우리를 바라보는 시선처럼.


3월 17일


　늦잠 잤다. 종소리 듣다가 에게 항공에서 온 광고 메일
확인하고 씻었다. 샴푸 헹구면서 그리스를 상상하려 해도 광
고 이미지 외에 떠오르는 것이 없었다. 나서는 길에 마주친
아벨이 흠뻑 젖은 채로 계단을 뛰어오르기에 우산 챙겼지만

비 오지 않아 구름 없는 하늘을 쳐다보며 걸었다. 서로의 두 눈은 피하듯이 조찬 식당에 들러 진열대의 샌드위치 고르며 직원과 고개 숙인 채 대화했고, 오렌지주스와 살라미 끼운 샌드위치 하나 먹을 동안 신문 읽는 노인들이 건너편 식탁에서 담배 피우며 조용히 살아 있었다. 몇 년 전만 해도 내가 여기서 공부하고 있을 줄은 몰랐어. 물론 기대해본 적은 있지만 한 번도 믿진 못했어. 아누라다와 함께 강의실을 정리하고 나와, 건물에서 정원으로 이어지는 계단에 걸터앉아 이야기했다. 그동안 겨우 이 정도의 사소한 미래조차 믿을 수 없었다니 엿 같아. 살만 루슈디는 잘 지내? 너 내가 진짜 그 인간 손녀인 줄 아는 거야? 가끔 이마 위로 손차양 가리면 손그늘 너머 풀색 짙은 정원으로 얼굴이 잘게 잘려 나가는 기분이 들었는데, 넋이 나갈 것 같을 때마다 아누라다의 목소리가 또렷이, 머리 위 아주 저 멀리서부터 쏟아져 와 눈앞에서 원근감 잃어가는 정경을 제자리에 고정시켜줬다. 짐을 챙기고 계단에서 일어나 기지개 켜는 중에 세미나 투어는 어찌할 거냐고 물어, 세미나 자체에는 큰 관심이 없고 그냥 그 도시까지 차를 타고 가보고 싶었다고. 하지만 돈도 없고 면허도 없어서 사람들을 모아본 것이라 사실대로 대답하고서 나란히 그림자 비스듬히 길어지는 계단을 내려와 헤어졌다. 경비원이 아무도 없는 농구 코트에 서 있었다. 저녁 같았다. 버스에서 졸기 전에 Put a zoom on that stick, Noé라는 가사들었다. 맞은편 꼬마가 고개 돌려 창가를 바라보고 있어서 언젠가 적은 문장이 떠올랐지만 금세 잊었다. 손잡이 붙잡은 사람들 틈을 헤쳐 번화가에서 내릴 때 저녁은 잠정적이었다. 버스가 출발하고 버스 불빛에 갇힌 이들 역시 그렇게 느껴졌다. A.P.C. 팻말이 붙은 골목 끝에 자리한 자피로의 리사이클 숍에 들러 튀김기와 스탠드 조명 등 필요하진 않지만 필요할 것도 같은 물건들 이것저것 살펴봤다. 도널드 바셀미 읽던 자피로가 우산 팔 거냐고 물어와 아니라 대답했다. 그 책 어때. 쉬워. 맞아, 사실 그렇게 쓰는 건 더 쉬워.

3월 18일

높은 창문에 비친 파란 하늘 구름과 대비된 색조로 유리창을 미끄러져 이동해가는 길가에 봉고차 뒷문 열어두고 걸터앉아 쉬는 조경사들 지나오며 어디가? 뭐? 어디 가냐고. 갤러리 가는데. 거기 문 닫았어. 조경사 둘 중 한 명이 고갯짓으로 가리킨 곳에 불탄 흔적의 문 쇠사슬로 묶여 있고 며칠 전에 약쟁이 하나가 불 질렀어. 다음 행선지를 생각해두지 못해 제자리를 서성이고 있으니 약쟁이에게 감사해. 적어도

네 눈깔은 구했으니까. 넌 봤어? 봤지 오줌 갈기러 가는 길에. 별로였어? 난 더 이상 백인 미대생 새끼들의 태평한 구림을 견딜 수 없어. 알아. 알지. 무슨 말인지 잘 알지. 그는 마누엘이라 이름을 소개해오며 이름 기억나지 않는 옆의 친구 또한 소개해주고 봉고차에 실린 맥주도 한 병 건네줬는데 그래서 여기 온 거 보면 너도 뭐 미술 하는 새끼야? 아니, 너는 뭐 발리볼이라도 하는 새끼인가 보지? 이름 기억나지 않는 친구고개 저어 웃으면 맥주병에 반사된 햇빛이 위에서 내려다보이는 두 친구의 얼굴 위로 가늘게 머무르고 물낯처럼 찡그린 얼굴로 나란히 앉아 있는 친구들의 봉고차에는 원드 후이 큥춘과 캐런 버라드의 책들이 드림 크러셔, 쇼미더바디 머천다이저 옷가지들과 함께 어질러져 있었다. 존 래프먼, 라이언 트레카틴 등 디지털 퇴물들에 대해, 최근에 암표를 구할 정도로 기대에 차서 본 원오트릭스 포인트 네버의 학예회 수준 공연과 무슨 SNL 무대에라도 서고 싶어 환장한 것마냥 비참한 수준의 음악을 향해 기립 박수 치며 환호성으로 거의 오열하던 백인들에 대해 이야기하며 우리는 달려오고 있는 구급차를 바라보고 대화를 멈추고서 구급차가 우리에게서 또다시 잊혀버리길 기다리고 아마도 대니얼 로퍼틴 커리어 사상 가장 구린 공연이 끝난 뒤 마누엘은 집으로 돌아오는 지하철역에서 작은 참새 한 마리를 봤다고, 급한 일도 없었어.

플랫폼에 서 있던 사람들 대부분이 작고 귀여운 참새를 지켜봤지. 알지. 참새를 보면서 참새를 보는 시선들이 다 같이 참새의 날갯짓 따라 엉키고 느슨히 풀어지다 팽팽해지고 다시 느슨해지는 것을 느끼며 평소의 풍경 위로 또 하나의 풍경을 그려내면서 플랫폼에 선 우리들은 왈츠를 추듯이 시선으로 눈 닿는 온 공중에다 발자국을 남겨두었지. 그리고 다 함께 방금 전까지 출구를 찾지 못해 지저귀며 역 안을 이리저리 날아다니던 참새를 치어 터뜨린 지하철을 타고서 집으로 돌아왔다고.


3월 19일


아침 일찍 스쿼시 치려 했지만 체육관 문 닫혀 있었다. 트랙 근처의 나무 아래 서서, 조깅하는 사람들 구경했다. 새소리 들렸고 아는 얼굴 없는 이들의 움직임이 편했다. 뛸까도 싶어졌지만 역시 싫어서 하품하며 트랙 따라 한 바퀴 천천히 걸었다. "하나사키 공원에서 와다 묘원까지 걸어가다 보면 왼편으로 바다를 볼 수 있습니다. 묘비들이 세워진 바다를 건너갈 수 있습니다." 앞선 이들이 트랙까지 드리운 나무 그늘 속으로 들어서며 코너 돌아 다시 그늘 밖으로 나올 때 환해지는 모습이 좋았다. 짧은 낮잠에서 깨어나 오랜만에 조시와 커피 마셨다. 조시는 최근에 저신장증의 남성이 자주 보인다고, 기이할 정도로 새하얀 얼굴의 그는 늘 검은색 가운을 입고 다니는데, 조시는 그를 술집, 교외 모텔, 경기장의 라커 룸 복도에서까지 자주 발견하지만 그때마다 그는 조시를 바라보고 있지 않다고 말했다. 중간에 멀쩡한 상태로 합류한 아벨이 조시에게 환각과 관련한 정신 질환 사례들을 줄줄이 읊으며 자신이 파리 고등사범학교 출신임을 증명하는 듯했으나 결국 뜨거운 커피가 담긴 잔을 귀에 갖다 붙인 채 괴링의 영혼과 전화 통화하다 테이블에 머리를 처박고선 기절했다. 아벨을 방으로 옮겨두는 중에 조시가 고개 돌려 계단 아래를 보아도 그 사람은 없었다. 우리는 발코니에 나가 커피포트로 커피 한 잔씩을 더 따라 마시며 각자 잔을 �쥔 손의 무게대로 표정을 놓았다. 조시가 시즌이 끝나면 마시오를 비롯해 친구들 몇과 해안가로 놀러 가기로 했으니 함께하자고 해 알겠다고, 해변에서 춤을 추고 맨발로 말없이 낮잠을 자도 졸아서 커피잔에 술을 타 마시는 조시와 보이는 대신 들려오는 오토바이 배기 음의 시선이 번갈아 오가며 잠 속을 물들였다.

3월 19일

링을 기다리는 동안 성당 앞의 벤치에 앉아 있었다. 반
세기 가까운 역사를 갖고 있다지만 주택가에 자리한 작은 성
당이라, 입구 주위로 이어진 여러 골목들로 아직은 불빛 없
이 어스름 젖은 사람들이 자주 지나다녔다. 물결의 자색 맴
도는 성당 지붕에 새들이 모여 앉아 있어서 한순간 어지러울
정도로 복잡하게 날아가 떠나버리는 모습을 기대했는데 링
이 도착할 때까지 보지 못했다. 미리 사둔 에그타르트 덜어
먹으며 우리는 벤치에 앉아, 잘 갖춰 입고선 성당으로 들어
서는 사람들을 살펴보고 링은 방금 전 영화를 보기 위해 들
렀던 극장에서, 넓고 사람은 몇 없는 상영관에서 영화를 보
는 도중 앉아 있는 자신에게로 바람이 불어왔다고 몇 번이
나 혹시 그런 경험이 있냐고 없다고, 그건 추위라든지 건물
의 보존 상태 문제가 아니라 그래 지리적이었는데 몰라 너무
이상했어, 영화에서부터 불어온 것처럼? 아니 극장과 영화
가 공모해 만든 볼 수 없는 공간이 몸을 건드는 기분이었다
고. 온 김에 세례받을래? 됐어. 성당에 들어서자마자 내부를
기억하길 포기했다. 기도할 뻔했네. 정말 두 눈이 있어서 다
행이야. 그러게 몰래 여기 어딘가 눈알 하나를 붙여놓고 언
제든지 감상하고 싶다는 이야기들. 스테인드글라스 창을 통

42

해 빛깔 입은 어둠이 미끄러지는 복도를 지나 장의자들 가지
런히 놓인 제대 앞에서 우리는 말 잃은 채 고개 들어 천체에
다가선 듯 빛보다 멀리서 지속된 과거의 양식에 휩싸여 우리
의 얼굴 또한 수놓고 싶은 천장 아래로 가운을 걸친 성가대
원과 윱 프란선스가 자리할 동안 무력했다. 예고대로 윱 프
란선스의 지휘 따라 성가대원들이 Harmony of the spheres
한 시간 동안 연주했고, 촛불을 지키듯 겸손히 퍼져나가던
그들의 화음이 긴 밤에 맞설 것처럼 풍성해질 때도 반세기
너머의 양식 안에선 어쩔 수 없이 공허하게 느껴졌는데 어쩌
면 처음부터 그런 의도로 작곡되었을지도 몰랐다. 거의 부유
하다시피 자연스럽고 부드러웠던 음정이 모두 비워진 성당
에 남은 사람들은 기척을 숨기면서 조금이라도 더 성당의 일
부가 된 기분을 간직하려 했으며 우리 또한 예외는 아니었다.
이른바 성스러움이라는 감각이 어떻게 특정 종교의 역사적
미감만을 끌어안은 형식으로 이리 일반화되어 인지될 수 있
는지, 사실상 일방적이고 엄밀히 말해 사기와 같다고 생각할
새도 없이 고요에 당했다. 먼저 링이 일어나 조심스레 기다
란 장의자를 빠져나가고 어스름 대신 주홍빛 가로등 불 사선
으로 기운 길을 걸으면서 케이와와와 자피로 남매 이야기를,
사설탐정 케이와와가 멋진 사람이고 사브리나의 전전 애인
이었다는 이야기를, 축구공 차는 소리가 왔다 갔다 남자아이

와 남자 어른의 목소리에 실려 들려왔고 테이블 몇 개와 자판기 불빛 내는 작은 광장을 가로질러 임대주택가 사이로 난 길목을 지날 때 링이 집주인과 겪고 있는 불평들을 늘어놓아 땅을 보거나 공중을 올려다보곤 했는데 4층쯤 발코니로 나와 서 있는 한 사람이 보여, 자세하지는 않게 성별도 나이도 짐작 가지 않은 채 단순히 하얀 형체로 잠시 그 사람을 올려다보고 그 사람에게 바라보이고 이 둘의 중간 지점을 가늠해보고 통과하며 그런 일이 좋다기보다 그냥 그렇게 되었다. 파비오에 사람이 가득 차 옆의 중국 레스토랑에서 로메인누들, 오렌지치킨 포장 받은 뒤 분수대에 앉아 싸구려 와인 곁들여 먹었다. 또 무슨 이야기를, 타이난에 돌아가고 싶어? 딱히 생각해본 적 없는데. 꿈을 꿨다길래. 그래 그 계곡이 어딘지 모르겠어. 술 취한 이들이 니 하오라 인사해오면 대꾸하지 않았고 젓가락질이 오랜만이라 어색하고 신비했다. 요리를 다 먹을 때쯤에는 둘 다 포장 용기를 내려두고선 자유로워진 두 손으로 머리를 쓸어 넘기거나 팔짱을 낀 채, 슬슬 제 갈 길 가는 사람들 몸짓 지켜보며 링이 준비 중인 무용 연출과 아르바이트로 나가는 병원 일에 대해 대화하다 힘없는 정적이 돌면 고개 돌려 분수대 고인 물 바람에 흔들리는 모습 구경했다.

3월 22일

이들은 그냥 존재한다.


3월 24일

오사마와 함께 조시의 경기 보러 갔다. 예상보다는 사람 많이 들어섰지만 관중석 대체로 한가했다. 자리에 앉아 핫도그와 맥주 주문하고선 말 없었다. 오사마가 경기장에 나와 몸 푸는 선수들 가리키며 당신 친구가 누구냐 물어와 조시를 찾았는데 보이지 않았다. 미식축구를 실제로 보는 건 처음이네요. 옆구리에 헬멧 낀 조시가 경기장 안으로 들어서자 사람들이 환호성 지르며 그의 이름을 외쳤다. 경기 시작 전에, 오사마가 열여섯 살 적 트리폴리에서 배를 타고 왔을 때의 이야기를 들려줬는데 선실 내부에 갇혀 있던 오사마가 기억하는 소리와 냄새가 너무 어두워 영원히 그에게서 과장될 것 같았다. 동시에 난니 모레티의 영화 중 밀항자들을 태운 배가 브린디시 해안으로 정박해오는 신 또한 떠올랐지만 당연히 오사마에게 그런 이야기를 하진 않았다. 처음 그 영화를 보았을 때는 극중 난니 모레티 부부의 출산과 연계하여, 결국 외부적 생명으로써 유보되는 국가와 개인들의 의지를 묘사했다고만 여겼으나, 이번엔 그 쇼트들에서 난니 모레티가 한 번도 밀항자들의 시선을 빌리지 않았다는 점에 새삼 놀랐다. 아무래도 아버지는 카다피가 죽을 것도, 그럼에도 내전이 끝나지 않을 걸 알고 있었던 것 같아요. 해안가에 다다르는 배를 상상해보면서, 선미로 나와 모르는 이에게 기대어 서 있는 오사마 눈앞의 풍경은 감히 떠올리지 않았다. 1쿼터 만에 조시가 130패싱야드 기록했다. 2쿼터에는 터치다운 패스 세 개 성공시켰고 그중 하나는 마시오가 받아냈다. 이따금 오사마와 응원가 따라 부르며, 맥주 한 잔 다 마시고 나선 전광판 뒤로 저녁의 푸른빛 모조리 증발할 때까지 졸았다. 상대 팀과 인사 마친 마시오가 조시의 어깨를 붙잡고서 우리 쪽 가리키며 손 흔들어줘 따라 손 흔들어주곤 일어났다. 경기장 나서는 길에 우리 뒤를 걸어오던 서너 명의 남성 무리가 자기들끼리 대화하는 척 집으로 꺼지라고, 연발해 뒤돌아서서 쳐다봤고, 다행히 몸싸움으로까지 번지진 않아 서로 마주하다 조용히 헤어졌는데 뒤늦게야 오사마에게 미안했다. 미식축구도 재밌네요. 오사마는 고향에서 친구들과 농구만 했다면서 여기에 온 이후론 한 번도 한 적 없다고, 몇 번 기회가 있긴 했지만 이상하게 내키지 않아, 이렇게 편안히 두 손목이 슬쩍 엇갈릴 듯 말 듯 농구공을 잡았던 느낌만을 계속 되뇌고 싶은 걸지도 모르겠다고, 이르게 문 닫은 펍 앞을 서성이다 곧 또 학교에서 볼 테니 시간이 맞으면 그때 식사를 하자며 오사마는 홀로 지하철역 계단을 내려갔다.


3월 27일

플리마켓에서 마르니 셔츠와 에코그라피 초판본 건졌다. 체육관까지 걸어가는 길에 우연히 아누라다 만나 스쿼시 5세트 쳤다. 완패. 솔직히 마지막 세트 때는 공이 보이지도 않아 차라리 벽이 되고 싶었다. 샤워하다 헛구역질했고, 커피 사서 아누라다와 트랙 근처의 벤치에 앉아 마셨다. 먹구름 조금 껴 있어 뛰는 사람들 몇 없었다. 아누라다는 좀 전에 지도교수에게 논문 주제를 바꾸는 게 좋을 것 같다는 조언을 들었다며, 스쿼시로 화를 풀어야 했다고 사과해왔다. 기량 차이가 너무 커 화풀이 대상도 되지 못한 것 같아 미안하다 말하니 아누라다 웃었다. 저 사람 좀 봐. 한쪽 젖꼭지가 보이게끔 러닝셔츠 입은 할아버지가 트랙을 달리고 있어서, 아마 내가 태어나기도 전부터 저러고 있었을 거야. 물도 못 마시고 오줌도 싸러 못 가고 사람들과 눈도 마주치질 않아. 네가 노인혐오 발언을 할 줄은 몰랐는데. 내가 가리키는 건 노인이 아니지. 아누라다는 이곳에선 조금이라도 긴장을 놓을 수 없다며, 자신의 실수가 곧 자신의 상황을 겪게 될 고향의 여성들에게 악영향을 끼칠까 두렵다고 했는데 어떤 대답 대신 그 말을 그저 수긍할 수밖에 없었다. 먹구름이 더 몰려와 자리에서 일어나 트랙을 등지고선 걸었다. 철수 준비 중인 플리마켓 한 바퀴 함께 돈 다음, 헤어질 때 아누라다에게 에코그라피 선물했다. 읽을 마음이 안 든다 말하자, 아누라다가 그런 기간이 생각보다 더 길어지면 어떨 것 같냐고, 그게 혹시 우리에게 실망을 안겨준 기성세대들처럼 네가 편안함만을 선택한 채 퇴행하고 있다는 신호일 수도 있지 않을까 물어와 그렇게 될 확률이 높겠지 다만 말 그대로 책을 읽을 마음이 없다고 대답하며 기쁘지도 않고 슬프지도 않았다. 블라인드 쳐져 유리창 밖 보이지 않는 교수실에서 차 마셨고 책을 읽다 말고 글을 쓰고 다시 책을 읽고 자리에서 일어나 가만히 서서 안경을 닦다 다시 책을 읽는 브루노 교수를 지켜보며 의자에 파묻혀 앉아 졸았다. 개구리들? 빗소리는 아니었고 잠결에 브루노 교수가 말해준 하워드 케이길의 문장 떠올랐다. "과거의 유령에 시달리며 미래에 대한 욕망에 당황하는 양면성의 현장."

3월 30일

　케이와와와 자피로의 집에서 일어났다. 한쪽으로 풍성히 묶인 커튼 파랗게 젖어 있었다. 베란다 의자 멀리 성당 지붕 위로 십자가들 보이고 종소리는 아직, 거리에 아무도 없어서 천천히 걸었다. 의식해서일지도 모르겠지만 간간이 몸에서 강아지 냄새 풍겨왔다. 빈 노면전차 불을 켜놓은 채 문앞에서 기사가 담배 태우고 있어, 고개 들어 발코니들 올려다보니 화분의 식물 조금 보였다. 승용차 몇 대 지나다니기 시작했고, 오르막 나타나면 오르는 대신 오르막 오르는 기분을 간직했다. 다리로 이어진 도로 건널 때는 바람에 셔츠 주름 휘어져 강변 내려다보면 가로등 사이에 누워 잠든 이들이 자세를 지켜내고 있었다. 강가에서 생각하지 않았다. 유모차 끌고 골목으로 들어서는 수녀들을 내려다보고 나서부터는 새소리를 따라서 걸었다. 정원은 햇빛 없이 여전히 새파랬고, 어둡고 높은 나무들로 둘러싸여 조용한 잔디밭을 걸어다니다 누워 잠들었다.

농구공 코트 조금의 빗물 조명 농구공 백보드 운동화 코
트와 마찰음 물병 뚜껑 열린 채 벤치 위에 하얀 수건 농구공
코트 소리 맺힌 투명한 백보드 물방울 젖은 나뭇잎들 사이로
먹구름 그물망 속 부드러움 물기 머금은 소리 운동화 멀어지
고 휘어지는 나뭇가지 물방울들 아래 어두운 풀밭 귤빛 조
명은 바람에 밀리던 빗물에 반사되어 벤치에 벗어둔 저지처
럼 농구공 소리 풀냄새 운동화 끈 풀어지듯 구름 곁 희미하
게 나타나는 타워 불빛 공중에서 손안으로 미끄러지고 약간
의 온기 차가운 결로 닿아 이어지며 공중에서 그물망 물방울
매달린 백보드에 비친 나무들 잎사귀의 면적 맨살 위로 흐르
는 땀은 손가락 끝의 모양 통화연결음 벤치에 앉은 빗물 고
인 소리 농구공 가죽 물기 섞여 코트 튕겨내며 회전하는 타
워 불빛 손 바깥에서 흐르는 물방울들 나무들 사이로 공원을
걷는 개 축축한 콧잔등 몸을 떨면서 진흙 묻은 네 발 벌레의
사체들 찢어진 한쪽 귀 물이 고이고 수풀 밟으며 새들을 초
과하듯이 나무를 풀의 과거들인 것처럼 쏟아지는 날파리 떼
개는 고개를 박고 햄버거 포장지 구겨진 물방울들 나무 사이
개에게로 파리들 살점을 긁어 뜯어내면서 숨 검은색 굳은 피
찢어진 귀 아래 벌레 울음 썩은 내 혀 안으로 개미 꼬인 패티
입안의 염증들 발작하듯 고개 젖힌 개는 희미한 농구공 소리
백보드 주위 걷혀가는 구름 빗물 고인 코트 타워 불빛 흐르

는 농구공 빈 벤치

부스러기 빵 바구니 없는 대리석 식탁에서 개어진 앞치마의 줄무늬 일어나듯이 원목 의자로부터 창틀 모양으로 햇빛은 유선형 접시 그릇 테두리 상아색 두른 벽지 냄새 나는데 무슨 냄새? 베이컨 같은데 난 케일주스 그건 생각만 해도 토할 것 같아 어쩌라고 은쟁반 커피 컵 자국 끓어진 채 둥그런 손잡이 주전자 은빛 물기 마른 싱크대 차 마셔본 적 있어? 있지 당연히 어때? 괜찮아 더 설명해봐 은은하고 식은 피자 맛이랑 비슷해 아니야 차는 그런 게 아니야 누군가 익사한 욕조 물이랑 비슷해 그건 더 아닌 것 같은데 빈 오븐 찬장에 그늘을 품고서 수저통 식기 서랍 식물 없이 조그만 테라코타 화분은 몇 권 책 옆에서 검은흙 색 바랜 종이 편지지 통지서 흩어진 모서리들 복도를 지나가면서 마루 나무 틈새마다 뒤

따라오는 부엌 창틀 모양의 너비 조용하네 그렇게 노래라도 불러보든지 무슨 노래 가사 없는 거 흥얼거리라는 거야? 닥치라는 뜻이야 목제 난간 2층으로 올라가는 계단을 지나치면서 두 방문은 하설같이 걸린 벽에서 달력의 그림체로 멈춘 날짜 기둥 사이로 열리고 닫힌 빛 속으로 어지러워 왜 그래? 숙취인가 깨질 것 같아 편안한 것들을 떠올려 어릴 때 살던 데라든지 이제 구역질까지 나 러그 카펫 보풀 커튼을 훔친 모양 맑은 볕의 굴곡으로 가죽 소파 꺼진 자리마다 생채기가 공중은 동그랗게 러그 카펫 깔린 마루 위에 볕이 낸 무늬 그물의 물결 투명한 흐름들 흐르는 커튼을 지나오면서 전화해봤어? 아니 잊어버렸어 기다릴 텐데 그러니까 언제나 전화를 걸면 어디에 있는지 모르겠어 전화를 받든 받지 않든 모르게 된 장소에서 전화를 끊고 나면 기다림까지 뒤바뀌어 있는 거지 탁자 아래 러그 카펫 비추는 유리 선반 책장은 가죽 소파 왼편에 책등 겉으로 옷걸이 카디건 연두색 커튼 테이블보 그려내면서 나란한 제목들 이름이 여럿 쌓인 선반 층마다 열쇠걸이 열쇠 없이 잠겨 있는 탁상 연필꽂이 커튼 연두색 카디건 담배 좀 줄래 민폐야 나눠 피울까 양손을 감싸는 이들이 있지 불붙이려 고개 숙이고 입가를 가리면서 손안으로 사라져버리듯이 그만 그들은 다시 두 손을 내려두면서 손가락이 흘린 곳으로 여전히 남아 있게 되어 그만 벽 옷걸이 카디건 연두색 별 사이 마름모꼴 베개 해진 가죽 소파 팔걸이의 품에 기대 누워 있던 자세로의 주름대로 맴도는 빛은 연필꽂이 볼펜 캡을 스치며 수영복 사러 갈까 제정신이야? 기분 좋아 보여 누가 수영장에서든 파파존스에서든 ATM 앞에서든 수영복을 입은 사람들 조울증 환자들일걸 수영복을 입고 나가 강에 자빠지거나 뛰어내려 두 번 다시 자신을 찾아오지 않도록 주치의가 시켰겠지 그 의사도 수영복을 입고 다이빙대 아래 벤치에 앉아 있어 봤을걸 밤이 되어 서재에 앉아 제초제를 꺼내 마시기 전까진 그랬겠지 전단지 가죽 소파 아래 동전 쿠키 조각 부스러기 메모지와 사탕의 껍질 비닐 그늘을 뒤틀며 속 비친 채 구겨진 빛을 나타나게끔 연두색 카디건 왼 어깨로 스쳐 오는 오믈렛 먹고 싶네 할 줄 알아? 눈이 부셔서 그릇을 바라볼 수도 없을 거야 따듯해야 해 부드럽고 턱이 녹아내릴 만큼 먹으면서 먹고 있는 줄도 모를걸 안 먹을래 왜 재수 없어 보기만이라도 할래? 냄새를 맡다 보면 어느새 오믈렛을 덮고 잠들지도 연필꽂이 기울임 볼펜 표면에 닳은 글자 손잡이 궤적을 따라 적어 내려간 복도에 멈춰 있는 그늘과 하설같이 걸린 벽으로부터 열리고 닫힌 자전거 차임벨 소리 그림자 새 두 마리의 날갯짓 신발장 위로 현관의 측면에서 상승하는 무늬를 별 속에다가 방금 무슨 소리 못들었어? 언제? 방금 방금? 그래 못 들었어 상상인가 봐 책에서 난 소리일까 어디였는데 모르겠어 그만 읽어 기차 소리 같았지 어디까지 읽었어? 우산꽂이 신문지들 실내슬리퍼 나란히 마루 나무 신발장 사이 빛 비뚤어진 복도 닫힌 문의 문고리 브라운관 텔레비전 노인을 대신해 죽을 사람이 있나? 뭐? 그냥 갑자기 궁금해져서 드디어 돈 거야? 아니야 근데 왜 그딴 소리를 해? 웃으면서 화내지 마 등 기운 흔들의자 어스름히 체크담요 플로어스탠드 아래 창 없는 벽 브라운관 텔레비전의 구부러짐 속에서 흔들리지 않는 어둠 종이 박스 밖으로 흩어진 채 캠코더테이프들 제목이 먼지와 함께 색 바래며 바스락거림 비디오플레이어 내부로부터 놀이공원 기억나? 우연히 들어갔었지 나란히 손을 잡고 줄 선 사람들을 지나치면서 음악이 심했어 음악이 좋은 놀이공원은 없어 아이들도 그 음악이 듣기 싫어서 풍선을 터뜨리고 아이스크림을 떨어뜨리고 살인하듯이 뛰어다니는 거야 아니야 아이들은 기록을 남기고 싶은 것뿐이야 커다란 퍼레이드 행렬 옆에서 테이핑박스 여럿 쌓인 벽 휘장 헝클어져 감싸인 구석 곁에 물먹은 벽지 걸어 나올 듯이 울퉁불퉁하게 사람 얼굴이 입을 벌리거나 미간을 높이며 울고 있는 액자 속 누구지 뭐가 놀이공원에서 음악 트는 소아혐오자 몰라 알 게 뭐야 그러게 흘러내린 체크담요 굴곡의 흔들의자 손잡이 방향 액자들 표정 빗나간 뻐꾸기시계 흔들리지 않는 괘종 모습으로 물들듯 바스락거림 천장에 거꾸로 기어오르는 갇힘 체크담요 머리카락 몇 올 굴곡의 흔들의자 기울기 비어 있는 버스 탈 거야? 아니 그럼 전철? 안 타 아무것도 왜 기대 있고 싶지 않아 창에 자국 남는 것도 싫고 비스듬하게 치켜 보거나 내려다보기도 싫어 가끔은 그것대로 좋지 않아? 가끔도 기대하기가 싫어 브라운관 텔레비전에 비친 어둠이 픽셀 건전지 내보인 리모컨 아래로 구부러지는 전선의 끝 플로어스탠드 부채꼴 모양 갓 처마를 따라 주름진 벽지 튀어나온 얼굴 더듬이 달린 바퀴벌레의 비디오플레이어 내부에서 어릴 때는 신기해 뭐가? 결국 누구의 것도 아니게 되잖아 아닌데 헤어밴드를 차고 다이어트 비디오를 따라 춤췄던 걸 기억할 수도 있는데 누가 증명해봐 비약 좀 하지 마 오히려 어린 시절에 버림받을까 무서운 거잖아 브라운관 텔레비전 일직선의 잘려 나간 사선으로 문틈에서 빛 가로질러 나가며 태어나듯 먼지들 환하게 뒤틀린 채 하설갈 지나 목제 계단까지 마루 나무 복도 현관을 껴안고서 이어지는 벽 옻칠 벗겨진 난간 손잡이 계단 첫번째 층계부터 해안을 낀 언덕길 뭐? 아니야 근데 왜 웃어 헤어밴드를 차고 다이어트 춤 추는 걸 떠올렸어 탱크톱이 터지진 않았어? 꺼져 미안 꺼져 아마 생일 파티가 있었을 거야 누구의? 몰라 누구에게든 잘 보이고 싶었겠지 파란 바다 낮은 건물 언덕의 수풀 그려진 유화 동일한 듯 닮은 곳 다른 층계 가까워질수록 벽에 걸린 유리 색채 수직의 난간 살이 이어져 닿지 못하는 위치에서 지면으로부터의 숲 흔들림 멈춘 검은색 가문비나무들 그림자 가느다랗고 기다랗게 반사광 유리 표면을 빚어내며 환한 계단 아래 무지갯빛 고리 고요히 숲의 태 젖어나듯 길가에서 사람이랑 눈 마주친 적 있어? 전화 중이거나 목발을 짚고 있거나 아무나 있었다면 있겠지만 딱히 떠오르진 않네 서로 바로 시선을 돌리지 아마 그게 왜 그냥 그들이 거기에 있었던 이유가 있나 싶어서 다시는 볼 수 없다는 게 자연스럽잖아 사라지고 나타나고 반복되는 직각이 이루며 공중을 층으로 드리우게 2층 유리창 바깥의 볕 벽에다가 난간 살의 그림자 경사를 따라 돋아나는 일렁임 계단이 끝나며 이어지는 마루 나무 빛과 맞물리면서 창문 아래 춤추고 싶지 않아? 보고만 싶은데 추는 게 즐겁지 않아? 전에 신고당했잖아 기억 안 나 언제였지? 몰라 은행에서였던 거 같아 그럴 리가 그런다고 없던 일이 되진 않아 있던 일이 되지도 않아 이런 왜 헷갈리네 번지듯 물크러지게 가까이 구름 얼룩 가느다란 손가락들의 유리창 깊어지며 복도는 2층 벽이 고아낸 모퉁이 그늘 향해 흐려지는 볕의 둘레로 장식걸이 액자 속 별 훈장 좇아 발코니를 바라보고 있으면 어느 순간 그 안에 있는 사람들이 보일 때가 있어 뭐 하고 있는데 자위하고 있기도 하고 텔레비전 켜놓고 졸고 있기도 하고 아무

60

도 없을 때는 있지 타일 벽 물때가 낀 격자무늬 마를 물기 없
이 펼쳐진 수건 한 장 누운 결 미끄러운 굴곡 비누 비누대 위
에 칫솔 치약 치실 면도기 유리컵 안에서 기울기 다르게 기
대어 교차된 채 다시 밖으로 나오면 수십 개의 발코니들이
보랏빛 섞인 노을을 반사해내며 물들어가고 있는 거지 뭐가
더 좋은데 비어 있는 세면대 등그렇게 반사할 빛 없이 흘러
넘치게 하면서 샤워커튼 너머 천장 타고서 어둠을 주입하듯
직육면체로 수납장 속 인슐린 주사기 펜타닐 약통 모르핀 자
두향 바디워시 면도날에 맺힌 물방울 백화점? 엘리베이터 때
문이지? 거기 있으면 기분 좋지 않아? 별로 왜 아무것도 아
니게 되는 기분만 남아 엘리베이터 바닥 가운데의 문양을 지
켜보다가 창밖이 이동하는 것처럼 느껴질 때 마법 같지 않
아? 잠시나마 착각하게 되는 거 싫어 샤워커튼 밑단 쏠린 채
욕조 마개 쪽으로 곰팡이 흔적 몇 헐거워진 마개 사슬 은방
울 모양의 회색 빛깔 하수관 물소리 타일 벽 격자무늬 여기
저기 마개 아래와 사라지거나 이어지면서 헌 고무밴드 주사
기 뚜껑과 욕조의 머리맡에 샤워타월은 살얼음들 비틀린 술
집 전화기가 울리면 받아보고 싶어 여보세요 네 말씀하세요
폭설로 차에 갇혔어요 밖에 뭐가 보이나요 허리케인이요 근
데 여기는 헌병대가 아니에요 하지만 거기에 헌병들이 술을
마시고 있을 거잖아요 욕조 마개 거품 찌꺼기 차올랐던 물의

높이대로 욕조에 위치를 남겨두고서 물의 높이 대신 깊이 하
수관 물소리 좌변기 아래로 복도까지 2층 보호난간과 이어진
술 장식의 방 안으로 책상이 놓여 있는 교과서들과 악보집들
이 책꽂이에 빈틈없이 빗장 걸린 옷장 열리지 않은 파티 갈
거야 이따? 아니 그럼 그 빌어먹을 카메라 좀 치워 생일 축하
노래 불러줄래? 누구 생일이야? 아니 너 그렇게 계속 헛소리
만 지껄이면 비명 지를 거야 혹시 파티에 가고 싶어? 아까는
그랬는데 지금은 싫어 왜? 벌써 갔다 온 것 같아 나이테 책상
상판 위로 흐릿하게 얇은 광선 네모난 서랍장 순서대로 비껴
의자 다리 사이까지 네 쪽의 그림자 곧게 잘 개어진 이불 쌓
인 구석 소다색 간이 피아노 옆 술 장식 바스러뜨리며 복도
와 방 사이를 반드러운 찰랑임 살며시 부슬거릴 때마다 잃어
가면서 복도와 방 사이를 셀 수 없이 잘게 졸려 자지 마 심심
해지니까 이기적이야 혼자 자는 게 더 이기적이야 어차피 딴
거 하고 있잖아 옷장 빗살의 틈새 옷가지들 트림 좀 제발 그
만해 더러워 안 했어 지금 또 하잖아 병 걸렸나 봐 트림암 그
딴 병은 들어본 적도 없지만 정말로 네가 그 병에 걸려 돼지
길 바라 소다색 이불 더미 은색 압정 패브릭포스터 야자수
가로 길게 너울진 벽면에 콘센트 구멍 연결되지 않은 전선의
자리로 빛발 역삼각형 유리 꽃병에 휘어져 높이서부터 창틀
위 새들의 그림자가 앉아 있는 간이 피아노 덮개 무지갯빛

고리 걔네 화해했나? 와플 가게에서 시럽이랑 칼까지 던지더니 아무도 안 다쳐서 다행이지 와플이 보호해줬나 봐 아멘 걔네 와플 가게엔 이제 못 가겠네 어차피 곧 사라질 텐데 뭐 책꽂이 높낮이 다르게 튀어나온 종이 날카로움 무뎌지는 별새들 고갯짓 지나온 서로에게 엇나가며 창틀에 앉아 있던 그림자 사라져버린 음계들 얇은 건반 덮개와 페달 사이 어슴푸레 젖은 유리 꽃병 담기지 않은 꽃 역삼각형으로 차오른 물결만 투명하게 흐릿한 채광이 헤엄치게끔 바닥으로부터 입체적인 의자 방석 위로 빈자리가 계속 만들어지듯이 빗장 걸린 옷장의 빗살 틈새 분절된 옷가지 맵시들 어둠 속에서 버스를 타고 전철을 타고 비행기를 타고 가야 해 그냥 상상하면 안 돼? 그것만으로는 부족해 옷을 사 그건 아주 잠시일 뿐이야 잠시만 다른 곳 같아 피아노 방음 페달 밟힌 기울기 고장 나 가운데 가라앉은 소다색 이불 더미째로 베고 누워 잠든 듯이 굴곡 머리카락의 흘러내리다 만 야자수 잎사귀 쪽빛을 배경으로 어두워지며 패브릭포스터 바깥에서 경계를 어지럽게 몰려온 그늘 방과 복도 사이 비 내리나 아닐걸 본 거 같은데 어디서 어디라고 어떻게 설명해야 하지 저기쯤에서 몇 방울 흘러내리는 복도 부드러운 술 장식 슬며시 넘어와 속삭이듯 그늘을 이끌어내어 꽃병 책꽂이 의자 피아노 이불 더미 아스라이 술에 걸쳐 흘러내리는 복도에 쌓이며 짙어진

2층 가장 안쪽의 응달 벽에 둘러싸여 보호난간을 멀리 마주한 채 보이지 않는 계단 너머 천장 근처 창문에는 하얀 비닐봉지가 나뭇가지에 걸려 회전하는 바람은 매끄러운 술 얼개를 그늘로 훔치며 복도 끝 응달 괸 방문 앞까지 비스듬히 회전하는 비닐봉지에서부터 불어오듯 하얀 방문 앞 서서히 열리는 어둠 기울어진 문틈으로 실내슬리퍼 가지런히 잠겨가며 카펫 위 커튼 통과해온 라장조 전화벨 소리 누군지 알아? 누구 몰라 그냥 갑자기 한 얼굴이 떠올랐어 설명해봐 못 해 누구지 우연히 지나친 사람이라기엔 구체적인데 영화에서 본 거 아니야? 그런가 아니야 눈 코 입은 자세히 모르겠는데 실제로 본 거라고 확신할 수 있어 그것도 몇 번이나 다가오고 표정을 나타내면서 대화를 나누고 혹시 만나게 될 사람인 거 아니야? 그럴까? 그럴 리가 머저리야 기억과 기억 바깥 사이에 있는 사람 같아 텔레비전에서 스쳤거나 책 읽다가 상상했던 사람이겠지 연보라 커튼 테라스는 조금씩 부풀어 오르다 사그라드는 보랏빛 물결 너머 보일 듯 말 듯 벗어놓은 실내슬리퍼 둥그런 신발코 부드러움 잃어가며 결 스러진 퍼 더 이상 전화벨 소리 들리지 않는 전축 셀로판지 붙여진 거울 곁에 반듯이 걸려 있는 LP 연보라색 커튼끼리의 부딪침 길게 그물 친 셀로판지 빛깔 위로 음악 없이 바람 누워 오는 바닥 테니스공 물려 뜯긴 왜 그래 놀고 싶어 놀고 있잖아 이렇게 말고 진짜 놀고 싶어 그럼 놀러 가자 싫어 씨발 뭐라는 거야 글쎄 설명할 수가 없네 뭘 어쩌고 싶은 건데 모르겠어 원하는 걸 말해봐 모르겠어 지금 우는 거야? 연보라 커튼 잔잔히 얇게 열린 테라스 문틈 왜 울어? 아니야 나풀거리며 넓이 구부러지는 곡선 이건 아마 오줌이야 넌 오줌을 눈깔로 흘려? 모르겠어라고 그만 말해 돌아버릴 것 같으니까 연보라 커튼 나풀거리며 커튼 밑단의 굴곡들 테니스공 구르다 만 그림자 잇자국 삐죽이 연두색 털실 가닥들 더럽혀지지 않은 초충화가 세로로 그려진 족자에서 새어 나오듯 구석에 가지 낸 스탠드 원목 옷걸이는 뒷모습의 경비원 유니폼을 매달고서 견장의 은별 빛 녹슨 채 왼편으로 흘러내린 어깨 배고파 카레 먹으러 가자 거기 없어졌어 그럼 피시피자 먹자 거기도 없어졌어 쌀국수는 쫓겨났어 맥도날드? 거긴 언제나 있지 애플파이 먹고 싶어서 거짓말하는 거 아니야? 연하장 봉투 적다 만 주소지 셀로판지 거울 화장대에 면봉 빗 바셀린 아연 보충제 미도드린 상표 비뚤비뚤 셀로판지 깨뜨린 빛깔 잇따라 비틀거리는 테라스 연보라 커튼 사이 굴러 나오듯 초충화 족자에서부터 구르다 만 테니스공 회전 없이 LP 전축 위 커튼끼리의 소리 부딪치고 서로 지나가며 로마 숫자와 초침은 벽걸이 시계에 각진 유리 표면으로 속삭이는 침대 자주색 목화솜이불 밖 발가락들 슬슬 일어나 꼭 그래야만 해? 그래야만 해 조금만 더 이미 오래 있었어 조금만 더 있으면 생각날 거 같아서 그래 뭐가 생각날 거 같은데 글쎄 뭐든지? 연보라색 커튼 은은히 휘말리는 방향의 침대 옆 나이트테이블 금테 돋보기안경 다리 겹쳐진 채 수첩 줄무늬와 다이얼전화기 불빛 꺼진 스탠드 아래 육각형 손잡이의 볼펜 검은 잉크 흐르지 않고 누워 있는 형태로 부풀어 오른 자주색 구김들 휘어지거나 줄 지으며 침대의 자세를 자연스레 왜 말이 없어 미안 잠깐 졸았나 봐 안녕 생각났어 누군지 모르겠던 사람 말이야 눈뜨자마자 또 개소리하는 거야? 양초 가게 직원이었어 기억나? 누구 보라색 머리? 맞아 딴 데서도 본 적 있어? 전혀 양초 가게도 없어졌지? 응 앞으로 두 번 다시 만날 일 없겠네 잘 살고 있나 글쎄 그래도 어디선가 살아는 있겠지? 몰라 구르는 테니스공 물려 뜯긴 자국에게서 멈추며 가라앉는 침대 다리 조도는 거울까지 빛 잃은 빛깔들 비벼든 바닥 위 평평한 그늘로 나풀거리며 연보라 커튼에 가려지고 비껴오는 경비원 유니폼 다림질 깃 흘러내린 견장 왼편으로 쏠린 침대의 누워 있는 모습 구겨진 이불 구김마다 깊어지는 그늘 속에서 높낮이 변화 없이 누워 있는 자세가 이불 밖 캄캄한 발바닥과 발가락 들로부터 연결되어 움직이자 슬슬 그래 어디 가지 박물관 갈까 상상만으로도 지루해 호수는 어때 좋지 근데 근처에 호수가 있었나? 아니 ATM 보러 갈래? 뽑을 돈 좀 있어? 돈 뽑는 사람들 구경하게 멋진 생각이야 그거 알아? 난 가끔 네가 ATM이 되는 상상을 해 네가 입 벌릴 때마다 돈이라도 나오게 공원 갈까 또? 매일 가잖아 갈 만한 데가 거기밖에 없네 지겨워 없어지지도 않아 거기는 어두워 보이지 않는 복도로부터 침대 경비원 유니폼 초충화 족자 테니스공 실내 슬리퍼 윤곽을 잃은 채 색 없이 멈춘 테라스커튼 주름까지 가리워져가는 얼굴 잘 모르겠네 뭐가 어릴 때 살던 집 말이야 뭐? 네가 아까 떠올려보라며 내가? 그래 네가 기억 안 나.


5월 15일


눈부시니 짐칸 밖에서 손전등 비추는 사람들 보이고 불빛 쫓아가는 이들 따라 트럭에서 내리다 발을 헛디며 넘어질 뻔했는데 먼저 내린 앞사람이 팔 잡아줬다. 다 온 거야? 그런 것 같은데 발 아래 매끄러운 풀이 밟히고 언뜻언뜻 손전등 스치는 곳마다 키 큰 나무들 들킨 듯이 하얗게 멈춰 서서 트럭에 얼마나 타 있었던 거야? 모르겠어 생각보다는 짧았던 것 같아 비가 내렸는지 이끼 내음 축축한 숲 깊숙이 손전등 든 사람들의 뒤를 따라 걸으며 오가는 말소리 얼굴 대신 더듬었다. 좀 전에 팔 잡아준 사람이 앞에서 책 읽으며 걸어가 라이터 주고받는 안내자들 담뱃불 붙이려 손 모으면 자연스레 손전등 하늘을 향하여 별빛 밖에서 벌레 울음 하늘 깨뜨리듯 먹을 것 좀 있어? 없어 너 그 책 보이긴 해? 안 보이지 당연히 근데 난 이 책 다 외웠거든 걸음 슬쩍 나란해져 긴 머리칼 흘러내린 어깨 너머 비스듬히 그가 책 종이 위에 올려둔 손을 미끄러뜨리며 옆 페이지로 위에서 아래 그리고 그다음 페이지의 문장으로 이어가는 모습 지켜보다 무슨 책인데? 호텔 가르니. 허버트 피히테? 맞아 읽어봤어? 들어만 봤어 왠지 한번 시작하면 너무 방대할 것 같던데 맞아 뭐가 너무 많지 넌 다 외웠다며? 난 모든 소설책을 다 외워 오솔길 걸을수록 어둠 익숙해져 조금씩 그늘 벗겨지는 서로의 얼굴 살피지 않고서 각자 빵 쪼가리 씹거나 고개 숙인 채 선두의 누군가로부터 건네져온 대마 돌려 피우는 이들 여느 폭발음 없이 이따금 발 아래로 희미한 진동 울려오면 소름보다 미세하게 몸짓 추슬렀다. 커피향이 카페에서 조는 사람들의 얼굴 스치던 만큼, 가상의 소외감을 몸에 두르고서 소파에 파묻혀 안전하게 말 잃은 이들의 눈빛처럼 손전등 닿지 않는 오솔길 너머 나무들 틈새로 인공의 불빛 보일 때, 들려? 책 읽던 친구 고개 돌리고 벌레 울음? 아니 그거 말고 저 멀리 나뭇가지에 맺혀 있는 손전등 불빛의 번짐이 다시 책을 향해 고개 돌린 이의 뒷모습으로부터 미소를 실어오고 불빛에 귀 기울이

자 노랫말 들려왔다


5월 16일


  케이와와는 로렌 마자케인 코너스의 연주를 두고서 교수형자의 시체로 만든 기타로 내는 소리 같다고, 심령사진 같은 노래네. 흥가는 아니었지만 천장과 창가 여기저기의 거미줄을 부러 치워두지 않은 저택에서 검거나 회색빛의 고딕풍 옷을 입은 회원들의 안내로, 초 켜놓은 은촛대 주위에 둘러앉아 음감회 했다. 눈 파인 초상화를 걸어놓거나 마법진 같은 걸 그려놓을 정도로 유치하진 않았음에도 조금 과하다는 느낌에 괜히 낯 뜨거웠는데, 다른 이들과 떨어져 멀리서 퍼져오는 로렌 코너스 기타 들으며 캄캄한 저택 안을 걸어 다니다 보니 자연스러웠다. 곰팡이 냄새, 인물 없는 풍경화, 구슬 많은 샹들리에. 나무판자 밟는 게 오랜만이라 특히나 이렇게 어두운 곳에선 발끝에 더 집중하게 되어 언제인지 모를 기분들이 희미하게 오가고, 아무 소리도 들리지 않는 계단에서는 갑자기 편안했다. 다른 앨범으로 넘어갈 때쯤엔 지하 복도에서 케이와와를 마주쳐 조그만 목소리로 대화하며 다시 함께 걸었다. 고스트버스터즈를 불러야 할 것 같

69

아, 난 그 새끼들이 인종차별주의자랑 뭐가 다른지 모르겠어. 미국인들은 심판하길 좋아해 그게 뭐가 됐든. 지하 창고로 여겨지는, 지하 복도 끝에 딸린 널찍한 공간에 하이힐 신은 두 남성이 누워 키스하고 있어 가죽옷이 복잡한지 서로를 좀체 벗기질 못하는 모습을 지켜보다가 위층으로 올라갔다. 케이와와는 두 눈알이 함몰된 흉상을 배경으로 사진 찍어 인스타그램에 올렸고, 금세 자피로의 댓글이 달려 영상통화 하려 했으나 주위 분위기상 관뒀다. 아마 자피로는 교외에서 있을 시 낭송 모임 때 발표할 시를 쓰고 있을 거라며, 케이와와가 몰래 그의 시를 훔쳐봤는데 제목이 "발 킬머는 동방박사의 토요일"이었다고, 두 사람이 2층 침대를 나눠 썼을 어릴 적 자피로가 탑건을 보다 잠옷 바지에 오줌을 지린 이야기를 해줬다. 다시 메인 룸에 다다라 다미르 도마 혹은 율리어스 차림의 회원들이 우리에게 고개 숙여 인사해줬고 그 잠깐의 몸짓이 풍긴 공손한 멋에 똑같이 따라 인사하게 됐다. 마이애미 출신 기타리스트라 자신을 대충 소개한 빌 오컷이 병상에 누운 로렌을 대신해 왔다며, 로렌 코너스 곡 위에 리프를 덧대었는데 빌의 연주가 더 대단했다. 신체의 감각기관들이 하나하나 빛으로 폭파되는 느낌이라 연주가 끝났을 때는 소멸된 기분으로 공기 중에 잔상처럼 배어 있는 리프에게서 거의 육체적 소외감을 느꼈다. 유령이 된 것 같다고, 케이와와는 옥상으로 연결된 계단을 올라가며 어두워 보이지 않는 자신의 손을 마주쳐 거듭 소리 냈고, 네가 개인적으로 추적해보고 싶은 사람은 없었어? 있었지. 딱 한 번. 케이와와는 어릴 때 TV에서 본 마술사를 찾아본 적 있다며, 어린 시절 나의 우상이었지. 그 여자는 20년 전에 보자기 속으로 사라져버리는 마술을 하고 난 후 정말로 사라져버렸거든. 17년 동안 아무도 그 여자를 찾지 못했어. 그런데 넌 찾아냈고? 그랬지. 내가 찾아냈을 때, 그 여자는 복권 가게 테이블에 앉아 담배를 피우고 있었어. 그리고? 그냥, 뭐. 시시한 얼굴을 보았지. 특별할 건 없었어. 자신의 과거를 혐오하던 이가 어느 순간 자기 삶에 그런 과거가 애초에 존재하지 않았던 것처럼 굴게 되고 그러다 결국 혼자만의 미래에 홀로 남게 된 얼굴. 뻔뻔하고 슬픔과 외로움도 잃어버린 그저 그런 흔한 얼굴로 복권 가게에 앉아 있는 사람을 보았을 뿐이라고 마지막 공연자인 료 무라카미의 세트가 시작됐을 때. 옥상 문 잠겨 있었고 대신 벽 창틀로 외부 전등인지 달빛인지 연한 눈부심 머물러, 정교하게 어두운 우리들의 그림자를 의식하며 케이와와가 최근에 맡은 실종된 싱가포르 남매 찾기 의뢰에 대해, 방금 빌 오컷이 얼마나 끝장났는지 또 다른 연주자들 마크 리봇, 프레드 프리스 등 이야기하다가 그래도 죽기 전에 딱 한 곡만 들을 수 있다면 무조건 퍼플 레인일 거라고, 맞아 씨

발 퍼플 레인. 씨발 프린스.


5월 18일


목욕탕에서 세면 의자에 앉아 울고 있는 사람 봤다. 알몸은 특정하지 않다고 생각하면서 지인들 몇이 떠올랐다. 상상 속에서 그들은 잠든 채 흥얼거리고 있었다. 기차역으로 가는 길에는 양산 가게 앞에서 젤라토 들고서 울고 있는 아이 봤다. 한 번도 우는 아이를 달래본 적 없어서 그래본 적 없다는 게, 그리고 당연하다시피 아이의 부모가 나타나길 기다리는 마음이 이상했다. 지켜보고 있을 동안 아이는 혼자서 눈물을 멈추지 못했고 늘 그렇듯 미래에 아이가 어떻게 됐는지는 알 수 없다. 역사 근처 노천 테이블에 둘러앉아 카드놀이 하는 남자 노인들 구경했다. 바라보이는 시선과 바라보는 시선 둘 중 하나는 가상 같았다. 카드 놓인 테이블 위로 래브라도레트리버 강아지가 얼굴을 들이밀고선, 패를 훑은 후 테이블 아래로 사라졌다 다시 고개를 내밀곤 했는데 그때마다 노인들이 눈길 없이 강아지 이마를 쓰다듬어주면 반들반들해진 이마 가운데로 머무는 햇빛, 카디건 스웨터에 밴 죽은 살내. 데운 우유와 몇 종류의 빵 먹었다. 얀 베르너 뮐러와 기타다 아키히로 책 챙겼지만 목욕 탓인지 기차 좌석에 앉자마자 어이없을 정도로 당장 잠들었다. Uno tenore. 맞은편 자리의 신부가 펼쳐 든 책냄새에 깨어나, 기내 레스토랑에 들러 따뜻한 홍차 주문하고 잠시 앉아 있었다. 새하얀 식탁보, 붉은 커튼, 담배 연기. 언젠가 마시오는 꿈을 꾸다 포르투에 있는 마제스틱 카페에 들어갔다고. 몇 번이고 가본 적 있는 마제스틱 카페 특유의 고풍스러운 금빛 톤이 천장에서부터 쏟아졌고 일본인 점원들이 밝은 얼굴로 일본말을 건네왔는데, 차가우리만치 깨끗한 미감의 벽이라든가 테이블을 비롯한 소품들의 몰딩은 세일러문에서 표현되던 해변 도시의 리듬이었다며 고전적 양식의 따스함과 근미래적 차가움이 황홀하게 섞인 카페에서 자신은 잃어버린 드레스를 찾고 있었다고. 그만큼이나 이상적이지는 않았으나 식탁 위 홍차가 서서히 식어가고 노을 섞여 창밖에서 주홍빛으로 바스러지며 무수히 틈새를 반짝이는 숲 또한 현실 같지 않아, 가끔은 이렇게 상황이 어느 장면 속에 들어선 것처럼 느껴지고 그것이 낯익을 경우, 기억나지 않게 바래왔던 이미지의 주인이 되었음에 뒤늦게 겸손해지는데 희망이랄지 그럴 적마다 전망하게 되는 감정은 비어 있고 늘 적막했다. 석양, 치킨스테이크 향기, 따로따로 앉아 있는 사람들의 고개, 어깨, 맨살, 솜털, 속력의 기울기로 변화하는 그림자. 홍차 두 모금 정도만 마셨고 이미 차가워져 천장 조명이 떠 있는 잔 안을 바라보기만 하다, 책 읽을까 싶어졌으나 졸았다. 어두웠고 술잔 몇 개와 잠꼬대 소리, 기차는 이동하고 있었다.


5월 20일


별장 정원의 사이프러스 사이를 오가며 종종 물방울 휘날렸다. 볕을 깨뜨리듯. 분수대 앞에 엘렌 그리모 닮은 사람이 앉아 있어 혹시나 사브리나에게 물어보니, 한참을 지켜보다 아니라고 했다. 비키는 꼭 맞잡고 있던 사브리나의 손을 벗어나 여기저기 뛰어다녔는데 비키가 뛰어올 때면 풀 향기가 휘어지며 햇빛을 흡수한 손짓마다 계피색 손가락이 환했다. 사브리나는 비키가 넘어질까 눈을 떼지 못하며 팔짱 긴채 서성이면서 어젯밤 처음으로 비키에게 짜증 낸 이야기를 해줬다. 사브리나 말로는 비키가 눈치를 보느라 모든 일에 자신의 동의를 구하려 한다며 이해 자체는 충분히 할 수 있지만 도무지 더 가까워질 기미 없이 그런 상황들만 계속 이어지니 지쳤던 것 같다고, 거실에서 둘이 비키가 좋아하는 애니메이션을 봤는데, 꾸벅꾸벅 조는 비키에게 졸리면 자라 말하니 비키는 괜찮다 하고선 다시 TV를 보다 또 졸았고 알고 보니 비키는 그 애니메이션을 좋아하긴커녕 이해하지도 못하고 있었다고, 그냥 사브리나가 틀어주니 재밌는 척 봐왔고 보다 잠들거나 자고 싶다 말하면 사브리나가 실망할까 봐 무서웠다 고백해올 때 사브리나가 자기도 모르게 화를 냈다며, 나는 내가 비키를 사랑한다고 너무나, 그 누구보다도 더 그렇다고 생각해왔는데 어쩌면 그렇지 않을지도 모른다는 생각에 두려워서 밤새 잠을 못 자겠더라고. 양부모들을 위한 모임 같은 거 있지 않아요? 상담을 한번 받아보세요. 이미 해 뜨자마자 전화해서 예약해뒀어 그런데 그러니까 비키가 TV 앞에서 졸고 있을 때 그건 사람이라기보다 겁먹은 강아지 같아 보였어. 정확히 설명하긴 어렵지만, 비키를 보면서 정말 말 그대로 겁먹은 강아지라는 표현 내지는 인상을 떠올린 내가 말이야, 그게 혹시 내 무의식 속에 인종차별이 배어 있다는 뜻일 수도 있고, 더 나아가 혐오일 수도 있잖아. 그래서 내가 그런 나를 부정하기 위해 화를 낸 것일지도 모른다고 생각하니까 너무 떨리고 겁나는 거지. 다들 조금씩은 그럴지도 몰라요. 그래도 난 다른 이들과 달리 나만큼은 정말 완벽하게 잘해낼 수 있을 줄 알았어. 필요해 보이는 말들을 생각해 내기가 스스로 메스꺼워서, 단지 사브리나 옆에 붙어 정원의 조각상들 혹은 분수대 근처로 고개 들어 물보라에 얼굴 적시는 비키를 함께 지켜봤다. 잔바람에 물들듯 물소리를 머금은 얼굴로 비키가 돌아왔을 때 우리는 정원과 별장을 그늘로 잇는 나선의 계단에 앉아 미리 사 온 살라미바게트와 레몬케이크, 푸딩 펼쳐놓아 먹었고, 두 사람이 서로 음식을 양보하느라 대화가 중단될 때면 엘렌 그리모 닮은 사람 찾으며 그의 리스트 연주 기억해내려 했다. 생물 같은 물방울, 물방울 같은 음계. 그물 같은 나뭇잎 그늘 아래 식사가 끝나고 나선, 케이와와가 몰래 사진 찍어 보내준 자피로의 발 킬머는 동방박사의 토요일 낭송했고 첫 몇 행엔 알 수 없다는 표정을 짓던 비키와 사브리나가 마지막 행 읽을 때는 쓰러지다시피 서로의 어깨에 기대 웃었다. 담배 피울 겸 화장실에 간 사브리나가 자리를 비울 동안 비키는 시 같은 거 쓰는 사람은 이상한 사람 같다고, 네가 옳아. 발 킬머도 이상하고 이거 쓴 사람도 이상하지, 뭐 하는 사람이야? 밤마다 묘지를 돌아다니는 자피로를 떠올리다가, 보물을 찾는 사람이야, 무슨 보물? 성물이라고 하는데 아주 옛날부터 비밀스럽고 소중하게 전해져 내려오는 물건을 찾는 사람이야. 마음에 들어, 나도 하고 싶어. 얼굴에 이렇게 빼곡 그림이 엄청나게 많이 그려져 있어. 멋있어, 하지만 시 같은 건 안 쓰면 좋겠어. 이런저런 이야기를 하며 약간 쌀쌀해져 팔짱을 꼈다가, 푸딩을 입에 물고 오물거리는 비키에게 벗어놓은 카디건을 걸쳐주고, 멀리서 전화 통화하는 사브리나를 발견한 비키와 함께 그녀에게 손 흔들어주다가, 손 흔드느라 입 밖으로 뭉개진 푸딩 조각을 조그맣게 흘리는 비키를 보며 아마 언젠가는 모두 기억나지 않겠지, 비키는 이렇게 물소리가 빛처럼 쉼 없이 흘러오는 정원을 기억해내면서도 지금 곁에 앉아 입가의 푸딩을 닦아주는 사람은 기억하지 못할 것이라고 언젠가 레즈비언인 백인 양어머니를 원망하고 또 이해하게 되고 자랑스러워하고 보고 싶어 울게 되고 친구들과 아니면 홀로 처음으로 아시아 여행을 하게 되고 그때 잠시 라디오 켜놓은 택시 안에서 국가 소유의 어느 오래된 별장과 메종 마르지엘라 트렌치코트를 입고 담배를 피우는 양어머니와 부드러운 푸딩 향, 팔등에 닿는 물방울의 감촉을 순식간에 떠올리면서도 기억을 끝내 완성하지 못하는 약간의 답답함은 아주 잠시일 뿐이고 다시 택시로 돌아와 더운 창밖의 하복 입은 아이들을 감상하고 차창 뒤로 멀어지는 목소리들을 들으며 어쩌면 그렇게 두 눈으로 마주하여 바라보지 않고 지나온 것들보다 더 지금의 아이가 결국은 잊어버릴 기억 속에서 새삼 그것은 놀라우리만치 자연스러운 일이라고, 그늘이 물러나는 자리로 햇볕이 물보라로 무너지면서 이렇게나 한 사람의 눈앞에 앉아 있고 동시에 희미해지는 기분이 새로웠다.

5월 23일


새들을 좋아하지 않는데 새들은 보게 된다. 벗어날 수
없이 언제나 그들의 존재감 안에 들어서 있듯이 잠깐씩 나타
났던 그들이 건물 뒤편으로 날아가버릴 때 갱신되는 시야는
너무 고요해 당분간 숨이 멎은 것 같다. 테니스 코트 벤치에
앉아 저녁 기다렸다. 고층 맨션의 선명한 발코니들 떠올렸고
반사되어 창 속으로 차례대로 낙하하는 하늘도 자연스레. 코
트에 사람 없었다. 연두색 테니스공 두어 개. 직사각형으로
그려진 흰색 라인. 펜스 너머 수영장 쪽에서의 대화 소리가
지금이 아닌 것 같았다.



6월 2일


눈을 뜨고 졸았다. 눈을 뜨고 졸았던 기억 속에 고해상
도의 수확기 들판이 있었다. 셀 수 없는 부드러움. 아누라다
가 손 흔들어 벌을 멀리 내쫓았다. 커피를 들고서 다리 건너
까지 조금 더 걷기로. 아누라다는 어릴 적에 FBI가 되고 싶었
다고 말했다. 그 목표를 이루기 위해선 미국인이 되어야 한
다는 사실을 알게 된 건 열여덟 살 때라고. 다행인지 그때는

이미 FBI에 흥미를 잃은 상태였어. 외계인이 궁금했어? 무슨 소리야 당연히 개자식들을 총으로 쏴 죽이고 싶었기 때문이지. 동편 예배당에서부터 자줏빛으로 물드는 강을 등진 채로, 아누라다는 사실 외계인 때문이 맞다고, 어릴 적에 외계인을 본 기억이 있는데 어른들은 기뻐하며 네가 뵌 분은 비슈누 신이라 했으나 비슈누와는 분명히 달랐다고, 그것은 그저 사람처럼 우물가에 앉아 마른 물기를 들여다보고 있었으니까. 알몸처럼 단 하나의 색으로 이어진 그 살가죽 덩어리는 발작과 같은, 새소리와 비슷한 옥타브를 내지르다가 이내 온몸이 흩어져버리고선 두 번 다시 나타나지 않았다며 아누라다는 자기 몸 밖으로 새파랗게 날아가는 노을빛을 배웅하듯 기지개 켰다. 다리를 건너기 전에 우리는 누가 먼저인지 모르게 강을 내려다보며 잠시 표정을 잃었는데 그곳은 계속 흘렀고 우리는 다리를 건너가고 있었다. 한 손에는 커피를 들고 남은 한 손은 주머니에 넣고서, 보트에 탄 사람들과 눈이 마주칠 때면 고개를 피했는데 아누라다는 애초에 그들과 눈을 마주치질 않았다. 숲에 간 게 저번 달이었나? 그랬지, 네가 포 카드로 우리 돈을 다 따 갔잖아. 낚시도 했어? 네가 운전까지 했어, 기억 안 나? 그냥 그게 내 기억이 맞는지 궁금했어. 오래된 다리 위에서 걸음은 숲에 있었을 때와 비슷했던 것 같다. 두 운동화의 발등이 번갈아 보이고 걸음 뒤편으로 그림자보다 가까이 남는 숨의 여운들. FBI와 아누라다는 어울리지만 FBI가 된 아누라다와 만날 일은 없었을 거라고, 대신 FBI 요원인 아누라다를 길거리에서 지나치는 상상은 할 수 있어서, 선글라스 낀 그녀가 껌을 씹으며 군중들 사이로 어깨를 부닥쳐 오는 모습을 떠올렸다. 전화를 받거나 걸면서, 어딘가에 기대 선글라스를 벗거나 선글라스 너머로 평소에는 주의 깊게 보지 않았던 소화전 또는 초파리를 응시하면서, 그런 모습들은 다른 세계에서라기보다 오히려 더 여기 같아 마치 본 적이 있는 것처럼 아누라다가 보았던 생명체가 이 근처에서 아누라다의 모양으로 살아가고 있는 것은 아닌지 아주 오래전부터 그들이 서로를 마주쳤던 순간부터이거나 그보다 훨씬 더 전부터, 그가 존재했을지도 모를 방식으로 거리와 연결되는 아누라다를 쫓아가며 다리를 건너고 나니 손톱이 다 부러진 집시 여성이 다가와 담배 한 개비만 달라 했고, 아누라다는 그의 두 손을 붙잡고서 가방에서 담배 대신 초콜릿 상자를 꺼내 쥐여줬다. 그동안 벌레 울음소리가 들려왔는데 그것이 좀 전에 떠올린 숲에서 들려온 것이라고 여겨졌다, 우리가 양초 가게 앞에서 헤어질 때까지 아누라다는 손을 닦아내지 않았는데 헤어지고 나서 주택가 계단참들마다 드리운 가로등 품을 지나 집으로 돌아오는 길에 이 의지 없는 걸음에 아무 참견도 하지 않은 아누라다에게 감사했다.

80

6월 20일

오사마는 고향 집의 고양이들과 완전히 똑같이 생긴 고양이들을 학교 주차장에서 봤다며 혹시 그들이 자신을 찾아온 것은 아닌지 그런 일이 가능하다고 생각하는지 물었다. 우리는 브루노 교수의 자동차 보닛 위에 엉덩이를 깔고 앉아 피자를 먹고 있었다. 담을 넘다 고꾸라진 남학생이 잔디밭으로 굴러간 햄버거 앞에 무릎 꿇고서는 빵과 고기를 하나하나 종이 가방에 주워 담았고, 남은 피자는 없었다. 이 코트에서 오사마와 농구를 해보거나 그의 움직임을 녹음하고 싶었는데 과정이 자연스러웠으면 좋겠다고 생각해서 그런 자연스러움을 기다리다 놓쳤던 다른 여러 일이 생각났다. 특히 사람들과의 관계를 두고서 기다린, 돌이켜보면 이미 충분히 자연스러웠던 일들. 무릎에 얹어둔 경비모를 다시 눌러쓴 오사마가 기다란 보닛 위로 기운 구름의 그늘을 받으며 말하길 날씨가 이렇게 숨소리만큼 가까이 열려오면 기온의 각도와 너비를 포함하여 이와 동일했던 고향의 감촉들이 어느새 시야 속으로 들어서선 맥없이 나풀거린다고, 한 방향의 시선으로 가만히 한꺼번에 두 가지의 풍경을 겪는 일이 자신에게만 일어나는 것인지, 풍경이 겹쳐질 동안 여태까지 잊거나 잊은 척 숨겨둔 마음이 자갈 타일의 굴곡이라든가 농구 골대를 적

시는 호스 물줄기의 형태로 모습을 드러내 오는데 웃어야 할
지 울어야 할지 모르게 어떤 표정도 짓지 못하고서 멍하니
있으면 점점 자신이 두 풍경 사이에 끼인 채, 어느 결과로도
뻗어지질 않는 감정의 과정 중에 평생 남겨져버린 기분이 든
다고, 오사마는 고양이들을 한 번 더 봐야겠다며 보닛에서
일어났지만, 동행하기에는 차창에 반사된 햇빛이 뒤돈 그의
오른 어깨에서부터 무너지고 있어 아무래도 지금처럼 땅을
딛고 다른 날씨 속으로 걸어갈 수 있도록 그의 몸이 부서뜨
리는 풍경의 처절함에 인사도 해주지 못하고 헤어졌다. 집으
로 돌아오는 길에 나가유미에게 온 메일을 확인하면서 가로
수 잎사귀 색이 조금 싱싱해진 것을 알았다. 나가유미는 동
네의 중국 레스토랑에서 차슈볶음밥을 먹었고 가게 물컵에
는 초파리 시체가 떠다녔지만 주인에게 말하지 않았으며 대
신 벽 곳곳에 걸린 어탁본들을 둘러보면서, 영원한 추위 속
에 홀로 갇힌 것처럼 말을 더듬는 주인과 낚시 이야기를 나
눴다는 이야기가 담겨 있었다. 저녁에는 케이와와 같이하
기로 한 철거 반대 집회 장소 나갔지만 케이와와는 약속 시간
이 지나도 오지 않아, 그의 친구들과 행진했다. 많은 인원은
아니었지만 웃다가도 소리치고 피켓을 뻗어 올리다가도 서
로 어깨를 걸쳐주던 옷차림들 사이로 풍기는 공기가 있었다.
그 전에 그 사이로 새어 나오는 옆모습의 얼굴들이 있었고,

머리칼 위 건물들의 발코니와 실내 조명, 대화 없이 라이터
하나에 함께 손을 모아 담뱃불 붙이는 두 사람의 숙인 고개
사이로 그들이 기억으로 돌아갈 장소들이 사라지고 있었다.


6월 25일

케이와와와 자피로를 대신해 팽과 산책했다. 시립 수영
장 근처에서 아이들이 덜 마른 머리칼을 휘날리며 팽을 향해
두 팔을 벌리고서 달려들었는데, 팽을 어루만지거나 다 같이
깡충깡충 뛰면서 누구도 팽의 다리 한쪽이 왜 없는지 묻지
않았다. 팽과 함께 다니며 졸지 않기 위해 계속 풍경을 의식
하며 걸었고, 팽이 졸 때면 혼자 주위를 빙빙 걸었다. 어쩌면
대화를 할 수도 있었을 텐데 주머니 속의 스키틀즈에 대해?
의도치 않게 타인의 우울을 목격하는 일에 대해? 엘리베이터
마다 바닥 중앙에 그려진 문양들에 대해? 살아 있다는 것을
깜빡하는 일에 대해? 잠든 팽을 보거나 코를 벌렁거리는 팽
을 보거나 뒤돌아 눈을 마주해오는 팽을 허리 숙여 마중하면
서 불가능한 기분이 생겼다. 팽과 겪은 감정은 항상 이렇게
설명하기 어려워서, 어쩌면 그 경험이 인간적인 것 이상이기
때문일지 모른다고, 잠시 쉬기 위해 공터의 풀밭에 앉았을

때, 곁으로 팽이 누워 자신의 얼굴을 파묻고는 온몸에 힘을 풀어왔는데 울지 않고도 하루 종일 운 것처럼 기분이 깨끗했다.


6월 28일


풀린 신발 끈을 묶고 일어선 여학생이 다시 걸어갔다. 버스가 멈춰 서고 바람 없는 햇볕 속으로 몇 사람이 더 들어서고 오랫동안 감고 있던 눈을 뜨듯이 가까이 웃는 얼굴을 엇갈려 포옹하면서 안녕, 안녕. 책가방에서 전자담배 꺼내 나눠 피우며 걸어가는 두 여학생은 싫어, 좋아, 싫어 다 좋은데 함께 지낼수록 안 좋은 모습이 너무 많이 발견되는 것 같아. 걔가 뭔 짓 했어? 아니 걔 말고 나 말이야. 내가 나의 개 같은 모습을 알아차릴 때마다 우울해. 괜찮아, 걔도 못된 모습을 많이 보이잖아? 그것 때문에 헤어지고 싶다는 건 말도 안 돼. 걔가 언제? 걔는 언제나 말싸움할 때마다 논리정연하게 날 발라버려. 미친 늘 잘못은 내가 하고 지기 싫은 마음에 내가 억지를 부리고 난 나의 그런 모습을 그만 보고 싶어. 그래서 정말 헤어질 거야? 몰라 어려워 너무. 때때로 바람이 훅 불면 그늘의 무늬가 한꺼번에 넘쳐 나는 길가에 그들의 손동

작 끄트머리로부터 젤네일이 반짝이듯 어제 꿈을 꿨는데. 오
존나 하느님 제발. 부탁이야. 남의 꿈 이야기 듣고 싶지 않아.
재밌을 텐데. 너나 재밌겠지. 왜 다들 꿈 이야기를 하고 싶어
서 발광인 거지? 왜 예지몽일지도 모르잖아. 우린 어젯밤 미
래에 살고 있었던 걸지도 몰라. 아니지. 꿈은 명백히 과거야.
그냥 단순히 뇌 속에 존나게 녹아내린 과거일 뿐이라고. 그
게 자신을 특별하게 만들어주는 것처럼 느껴지는 인간은 주
먹을 쥐어 자기 얼굴을 갈겨보는 게 좋을 거야. 맙소사. 신발
끈이 다시 풀리고 그러니까 오늘 내가 꾼 꿈 이야기를 들어
봐. 내 꿈은 특별할 테니까. 한쪽 무릎을 바닥에 꿇고 앉아 으
알았어. 무슨 꿈이었는데 두 손을 섬세하게 교차하며 친구의
신발 끈을 튼튼하게 묶어주고 다시 일어나 몰라 나는 주인이
었던 것 같고 동부 해안가의 모텔 리셉션에 앉아서 커다란
다이얼이 달린 전화기로 전화를 받았어. 야자수가 보이는 커
다란 창문 밖에 세워진 자동차 보닛들이 파도와 같은 노을에
물들어가고 저기 슬쩍 열린 방문 틈으로부터 조그맣게 음악
이 흘러나오는 모텔 리셉션을 걸어 나가며 두 학생은 모퉁이
를 돌아 사라졌다.

6월 30일

마시오가 연 파티에서 링 만났다. 춤추는 사람들을 피해, 발코니로 이어지는 유리창 앞에서 인사했다. 링은 낮잠을 자다 도시에 핵폭탄이 떨어지는 꿈을 꾸었다며, 죽음보다 죽음을 기다리던 눈꺼풀로의 밝음이 훨씬 강렬했다고 마지막으로 만났을 때도 해변의 아틀리에에서 이렇게 유리창을 등지고서 말했었다. 쟤네 누구야? 코모도 콜렉티프 괜찮지? 마시오가 섭외한 디제이들 실력이 나쁘지 않아 듣다가 뷔페 샌드위치가 담긴 쟁반과 와인잔을 들고 발코니로 나갔다. 책은 여전히 안 읽어? 아직. 바람에 옷 주름이 휘어지면 우리는 같은 방향으로 몸을 비껴 서서 나란히 샌드위치를 먹거나 술을 홀짝였고, 사실 서로 딱히 할 말이 없으니, 제사가 끝난 해변을 바라보았던 시선을 동일하게 비 젖은 대성당들의 십자가로, 파도가 있었던 종소리로, 파라솔 대신 건물 지붕으로, 흐르듯 눈길을 겹쳐두다가는 결국 다시 따로 움직였다. 집으로 돌아가기 전에 마시오에게 인사하고 싶었지만 당장 마시오가 보이지 않아, 바에 앉아 커피를 주문해놓고 졸았다. 깨어났을 땐 링이 고스족 바텐더와 이야기하고 있어서, 둘은 이미 예전부터 서로 알고 지내던 사이인지 누굴 홍보는 대화가 자연스러웠다. 링이 계속 여기 있을 건지 물어와, 이제 갈 거라 했더니 같이 놀러 가자고 해, 피곤해서 거절했다. 밤거리를 걸을 수 있는 건 이번이 마지막일지도 몰라 곧 사지를 잘라내고 싶을 정도로 추워질 테니까. 설마 그 정도는 아니지 않아?라고 생각했지만 어느새 맥주병을 들고 비 그친 시가지에 서 있었다. 비 물기에 미끄러지며 약국의 백색 불빛이 사거리 모퉁이로 휘날리고, 껌과 비염 약을 계산하는 링의 움직임이 밝고 따뜻하고 안전해 보이는 장소에 속해 있는 것 같지 않았다. 링은 방금 약국 문을 닫고 거리로 나온 순간에 대여섯 살 적 백화점 청소부였던 어머니가 밤마다 퇴근길에 자길 조수석에 태우고서 자가용을 운전할 때 틀어뒀던 팝송이 떠올랐다며, 졸려 감은 눈 밖으로 감지할 수 있었던 차창 밖의 세계가 등받이에 기대 잠든 그의 얼굴 위로 남겨둔 리듬, 그런 불빛의 기억을 좇을수록 어릴 적에 눈을 감고서 바라보았던 도시가 방금 한 번도 살아보지 못한 맨해튼이 되어 그려졌다고, 핵폭탄이 떨어지던 곳도 거기였어? 그건 아마 여기였지. 그 후로 같은 꿈을 꾼 적은 없지만 자주 떠오르긴 해. 슈만 따위 들을 때 갑자기 생각나기도 하고. 야간 당직을 끝내고 병원 버스를 타고서 집으로 돌아오다가도 그랬는데 그런데 배고파. 맥주 마셔. 맥주도 다 떨어졌잖아. 한참 동안이나 쓰레기통을 찾던 우리는 빈 맥주병을 우체통 위에 가지런히 세워두려다 몽땅 깨뜨렸고, 맞아 지금 가기 괜찮은 데를 알아. 언젠가 새벽에 딱 한 번 가본 추로스 가게를 찾아가는 길에 물안개가 자욱해 거리가 희미했다. 한동안은 사진을 찍으며 웃거나 인적 드문 길목으로 비밀스레 막을 두른 물안개 속에서 이지러지는 사람들을 보며 넋 놓다가도, 괜찮으니까 솔직히 말해 너 지금 여기가 어딘지도 모르지? 이 길이 맞는데 구글 맵이 해킹당했나 봐. 내 생각엔 네 방향감각이 해킹당한 거 같은데 네가 태어났을 때부터. 결국 링이 앞장서 가게를 찾아내, 우리는 은제 식탁에 마주 앉아 추로스와 커피를 주문했다. 음악 없이 다른 손님이 두 팀쯤 있었고, 초콜릿 퐁뒤에 하얀 김이 오르는 추로스를 적시며 다들 고요했다. 이런 데를 혼자만 알고 있었단 말이지. 그동안 너랑 만날 일 자체가 없었잖아. 네가 연락할 수도 있었어. 너는 왜 연락 안 했지? 몰라. 추로스가 준비되자 둘 다 먹기 전에 추로스를 손에 쥐고선 손에 쥔 것만으로도 느껴지는 맛있음에 감동했다. 선량할 기회가 주어지지 않은 사람들이 있을지도 모른다고, 어떤 이유에서든지 살아오면서 몇 번이고 그럴 기회를 놓친 사람들이 결국 선량함을 증오하게 되는 건 아닌지. 응급실에서 난동을 피우다가도 이내 눈물이 맺힌 채 잠든 이들을 보고 있자면 그런 생각이 든다고 링이 말해와, 그렇게 타인의 역사와 본성 등을 단순화시켜 이해하려는 건 오직 자기 자신에게만 유리한 일일지도 몰라, 나도 알지 근데 그런 식으로

라도 생각하지 않으면 도저히 견딜 수 없는 거야. 어느 때는
하루 종일 그들을 모조리 산 채로 해부해버리는 상상만 하니
까. 커피 세 번, 추로스를 두 번 더 주문했고 안개 밀려간 창
밖으로 젖은 낙엽을 털어내며 한 손엔 버거킹 봉투를 쥔 버
스 기사가 나타날 때까지 우리는 테이블에 몸을 기대거나,
고개 젖히다가 실링팬에 비친 우리를 언뜻언뜻 스치며 쉬었
다. 두 번쯤 졸았는데 눈떠보면 링도 졸고 있어서 오랜만에
눈앞에서 조는 사람의 얼굴을, 조는 각도로 흔들리는 앞머리
사이로 기적 같은 표정과 슬쩍 보이는 치아 사이로 터질 듯
말 듯 투명하게 부푸는 침을 바라보다가 마침내 이 도시의
골목 끝까지 터져오는 밝음에 눈길을 가느다랗게 이어냈다.

리사이클숍의 문을 닫고, 가로등 불이 스민 강가를 걷던 자피로는 열일곱번째 가로등 불이 꺼진 것을 보고선 다시 가게로 돌아왔다. 가게 앞에 DHL 로고 붙은 샛노란 소포 박스가 하나 배달되어 있었다. 오마르 하이얌의 수식 시집 평행오변형 독해본이었다. 2주 전, 바닷가의 양로원에서 인후암으로 생을 마감한 전직 교도소장 페포 자비나스의 비밀 서가를 뒤져 훔쳐온 물건이었다. 이를 위해 자피로는 시 낭송 모임에 가입했지만, 모임의 회장이자 페포의 아들 펠리코 자비나스와 친해지기까지는 석 달이 걸렸다. 모임에서 유일하게 시집을 출판한 경력이 있는 펠리코는 자피로가 태어나서 처음 써봤다는 시를 읽고선 이틀 동안 밥을 먹지 못했고, 셋째 날에는 밤새 초현실주의자들의 이름을 한 명씩 호명하며 채 찍으로 몸에 자해를 가했다. 여하간, 그 둘은 친해졌고 아버지 자비나스의 장례식이 있던 날 추도시를 읽던 펠리코는 눈물을 훔치던 자피로와 눈을 마주치고선, 시인 특유의 자기도취에 빠져 그 놀라운 힘에 의해 거의 세사르 바예호라는 악령에게 영혼을 점령당한 듯이 오롯이 따위의 상투적인 구절들을 방언처럼 울부짖다 관을 걷어차버린 뒤, 굴러떨어진 아버지 시신을 짓밟으며 춤을 췄는데 자피로는 그 틈을 타 자비나스 가문의 비밀 서가에 잠입해 평행오변형을 빼내는 데성공했다. 온갖 수식과 도형으로 가득한 평행오변형을 독해해낸 기사단의 전언에 따르면, 이 유고 시집은 대체로 오마르 하이얌이 페르시아의 밤보다 어둡고, 태양의 움직임보다섬세한 것에 대해서 아마도 꿈에서 본 것들을 다루고 있는것 같다며, 이 시집으로는 하산과 하시신들이 숨겨둔 니잠알물크의 뱀별 십자가를 찾는 것은 불가능해 보인다고, 말년에 이른 오마르는 해시시에 중독됐거나 치매 탓에 제정신이 아니었던 것 같으니 더 이상의 조사를 중단한다 했다. 리사이클숍 다락에서 자피로는 평행오변형의 독해본을 펼쳐넘겨 보다, 이전 이후의 시구들과 아무런 연속성도 없이 오른손 손바닥이 그려진 쪽을 발견하고선 그 위로 자신의 손을마주 얹어보았고, 그가 손을 올려두기 전부터 예상했듯이 아무 일도 일어나지 않았다. 다만 종이의 감촉에서 종이의 소름처럼 그와 같이 이곳을 펼쳐보고 손을 얹어보았을 이들의 온기가 희미하게 착각되고, 손을 뗀 채 의자 등받이에 기대어 천장을 바라보며 다락 너머의 밤을 인내하던 자피로가 다시 한번 더 손을 얹으며 예의 그 미세한 온기의 결을 따라 방향을 비튼 채 그림의 손과 자신의 손을 엇갈리려 할 때, 그림의 손이 그보다 먼저 그를 마중하여 깍지 껴주었다. 아무래도 환영이라고밖에 말할 수 없는 순간이 버려진 터널을 향하는 숲의 오솔길로 지나가며 나뭇잎끼리 부딪쳐 흘린 그늘의 물결에서 기차 소리가 배여오고 몸에 관한 기억을 잃은 듯이 조금도 자세하지 않은 몸으로 빛이 유려한 길을 잃어버린 몸처럼 좇아갈수록 몸의 감각은 이렇게나 자연스럽고 부드러운 오솔길이 아니라 저 멀리 어둡기만 한 터널로부터 숲을 열어젖히는 움직임으로 기차가 전멸시킨 풍광이 되어 나타나 여태껏 사람들이 지각해온 색상들은 모두 환상일지도 모른다고 자피로는 골목을 지나 강가를 따라 집으로 돌아오며 생각했다.

새벽에 눈뜬 자피로는 아직 어두운 방의 의자에 한 사람이 앉아 있는 것을 보았다. 낯선 이는 창이 없는 자리에서 창밖을 보는 자세로 얼굴을 비켜 있었고 자피로는 다음 날 온몸이 비로 흠뻑 젖은 남자가 리사이클숍에 방문했을 때에야 새벽의 일을 기억해냈다. 고양이용 장례식 관을 찾는다며 가게 바닥에 물기를 질질 흘리며 돌아다니던 남자는 갑자기 바닥에 주저앉아 발 아래로 물이 고일 때까지 흐느끼다 돌아갔는데, 휘청거리며 문을 열고 나가 골목의 화창함 속으로 증발되듯 사라져가는 남자를 지켜보던 자피로는 다락에 올라 평행오변형을 펼쳐보았지만 몇 번이고 다시 뒤져봐도 손바닥 그림을 찾을 수 없었다. 다시 또 새벽에 자피로는 의자에 앉아 있는 사람을 보았다. 전과 같은 각도로 얼굴을 비켜둔 낯선 이의 체구가 낮에 본 남자와는 달랐고, 자피로는 몸도 움직일 수 없이 졸음처럼 기울어진 어둠의 깊이에게서 어떤 표정이라도 나타나길 기다리다 결국 또 아무것도 확인하지 못한 채로 잠들어버렸다.

　　나이젤은 자피로가 소속된 기사단에 의해 구금당했던 강령술사로, 평행오변형을 들고 자피로가 그를 찾아갔을 때 그는 부둣가의 어시장 뒷마당에서 동네 아이들과 콜라 캔을 차고 있었다. 항만 조합원이 대다수인 동네 사람들은 나이젤을 행려병자라 부르며 아이들에게 가까이하지 말라 했지만, 어느 날 우연히 나이젤이 차에 짓밟혀 죽은 비둘기의 영혼을 끄집어내 하늘로 보내주는 것을 본 아이들은 그를 닥터 스트레인지라 부르며 졸졸 따르기 시작했다. 어시장 한구석의 카페로 자리를 옮긴 그들은 얼음에 재운 닥터페퍼 한 모금씩을 마셨고 평행오변형을 훑어본 나이젤이 말해주길, 제가 처음으로 강령술을 접한 곳은 베이루트였습니다. 저는 그곳에서 태어나고 자랐지만 그곳을 떠올릴 때면 이상하게도 그곳의 화질, 좀더 명확히는 어떤 음질이 항상 기억보다 앞서 있어요. 일본인 적군들이 저희 집 건너 건너편 건물에 숨어 살고 있었지요. 그러니까 그들이 도청을 염두해두었기 때문인지 하루 종일 틀어놓는 라디오 소리가, 당신은 아마 들어본 적 없을 주파수의 불안정한 소음이 가장 먼저 떠오르고 그것이 심상의 화질마저 뭉개뜨리는 게 아닐까 싶어요. 실제로 제가 고개 숙이고 쏘다니던 거리에 흙먼지가 자욱했던 것인지 아니면 음질로 오염된 기억의 착시 탓에 그렇게 자글자글한 입자들로 거리가 균열된 채 떠오르는 것인지 저로서는 알 수가 없는 것이지요. 당신네 기사들이 저를 추적할 때 밝혀졌다시피 저의 부모님은 쿠르드족으로 그 시기 레바논에 잠입했던 다른 페쉬메르가들과 마찬가지로 소집 명령만을 기다리고 있었습니다. 저는 낮이면 그 거리에서 어깨에 로켓런처를 이고 다니는 팔레스타인 사람들을 볼 수 있었고 저녁이 되어 슈퍼마켓에 들려 파인애플 맛 아이스크림을 구경할 때면 얼굴은 볼 수 없이 소리로만 존재하는 일본어를 들을 수 있었지요. 여름이 끝날 무렵 구름이 막 개어 근교의 들판으로 소풍 나갔던 광학 이론 시간에, 돌이켜보면 그 거리에서 만난 사람 중 가장 평범했던 동시에 비정했던 일라이어스 선생님이 각기 다른 자세로 들판에 누운 학생들에게 감정 교육의 마지막 장을 프랑스어로 읽어주었던 일을 저는 자주 떠올리곤 합니다. 마치 그 모습이 그대로 시간 그 자체인 것처럼 말이지요. ……Ils se la contèrent prolixement, chacun complétant les souvenirs de l'autre; et, quand ils eurent fini. C'est là ce que nous avons eu de meilleur. Oui, peut-être bien? C'est là ce que nous avons eu de meilleur. 여덟 아홉 명쯤 되는 무국적의 학생들은 한 명도 선생님을 쳐다보지 않았지만 귓속을 근사히 채워오는 프랑스어의 어감이 늘 지나오던 들판을 생전 처음 보듯 부풀어 오르게 만들어, 모두 약속이라도 한 듯 낭독이 끝나고도 말없이 풀잎 사이를 둥글게 벌려놓는 바람 소리에 귀를 기울였지요. 제가 떠올릴 때마다 미소 짓게 되는 바로 그 장면이기도 합니다. 두 다리를 쭉 펴거나 슬쩍 엇갈린 채 반쯤 누워 편히 앉아 있는 그들의 자연스러운 윤곽들이 바람에 팔랑이는 옷과 같은 너비로 넓어지는 모습 말이지요. 훗날 그들도 제가 그랬듯 그 책을 찾아보았을지, 그들에게도 길을 걷다 가판대 서점에 들려 선생님이 읽어줬던 책을 찾아, 알아듣지 못했던 문장들을 명료한 의미로서 또박또박 소리 내어 읽어볼 기회가 있었을지 궁금합니다. 'C'est là ce que nous avons eu de meilleur(그때가 제일 좋았지).' 'Oui, peut-être bien? C'est là ce que nous

avons eu de meilleur(그랬나? 맞아 그때가 제일 좋았어!).'
그때라는 관념, 어쩌면 방어적 강박에 의해 고정되어 있는
기억이 빛을 잃지 않기 위해 다른 시간들을 모조리 집어삼켰
기 때문인지, 제가 떠올릴 수 있는 그 이후의 거리는 온통 어
둡기만 합니다. 실제로 곧 그 거리에 아무도 남아 있지 않게
되기도 했으니까요. 창백했던 밤들. 공습 그리고 빈 거리, 사
람들은 물론이고 매일 들려오던 라디오 소리마저 사라진 거
리에서 부모님은 저를 남겨둔 채 또다시 어디론가로 떠났고
저는 날마다 빈집들을 돌아다니며 물건을 훔쳐다 써야 했지
요. 천성이 겁쟁이였던 제가 부모님과 달리 페쉬메르가가 되
길 거부해왔다는 사실이 널리 알려져서인지, 아니면 단순히
팔레스타인 사람이 아니라는 이유 때문인지 영양실조 탓에
몸에는 두드러기가 나고 두통 일어 고개 숙이면 머리칼이 한
움큼씩 떨어져 내리는 저를 아무도 찾아오지 않았습니다. 그
렇게 제 자신이 저조차 처음 보는 사람으로 제가 더 이상 그
누구도 아닌 사람이 되어가는 거리에 헤르메스주의자가 나
타난 것은, 일본인들이 남겨둔 브라운관으로 NHK의 적군
파 특집 보도가 방송됐던 날이었지요. 저는 그들이 숨어 살
던 집에서 그들이 남겨둔 브라운관을 통해 그들의 얼굴을 드
디어 마주할 수 있었습니다. 그날에서야 그들의 얼굴을 처
음으로 보는 것이었음에도 그리고 분노라기보다 공포가 깃

든 젊은 얼굴의 이들이 여기에 숨어 지내던 이들과 같은 자들인지 아닌지도 모르면서 죄를 박제해두듯 현상 수배된 이들을 보며 눈물을 흘렸지요. 저는 습기 찬 화장실에다가 몰래 사진을 붙여놓아야 했던 그 사람들이 슬퍼서가 아니라 울음의 행위가, 눈물로 나타난 감각의 구체성만이 당장 저에게서 저를 증명하고 있다고 느꼈기 때문에 눈물을 멈출 수가 없었습니다. 제가 흘린 눈물만이 이 땅 위로 저를 그려낼 수 있다는 듯이 눈물을 닦을 생각도 없이 건물 옥상에서 거짓말 같은 거리를 내려다보고 있을 때, 헤르메스주의자이자 새장 안에 갇힌 퀘이커앵무 한 마리가 말을 걸어온 것이었지요. 청사과빛 깃털을 골라내던 앵무새는 자신을 제롬 경(卿)이라 소개하면서 얼마 전까지 티머시 리어리라는 자의 육체를 빌려 미국 전역에서 영성운동을 이끌어왔지만 자신을 눈치챈 블랙팬서 당원들에게 감금당한 이후 앵무새에게로 영혼을 옮겨 왔다 말했습니다. 훗날 제가 제롬 경과 긴 여정을 함께했을 때, 당시 미국에서 가장 위험한 앵무새였던 제롬 경이 어떻게 웨더맨들의 도움을 받아 팔레스타인 해방 기구에게 전해졌고 적군파 이들의 보호를 받으며 지내게 되었는지 자세한 이야기를 들을 수 있었지요. 하지만 제롬 경을 옥상에서 처음 만났을 때만 하더라도, 프랑스어와 아르메니아어까지 자유자재로 구사하는 앵무새를 보며 오랜 시간 저로부터 저를 앗아갔던 영양실조가 결국 이명과 환각까지 불러일으킨 것이라 여길 수밖에 없었습니다. 반쯤 무너진 건물들 사이로 탱크 바퀴자국이 길게 파인 거리를 내려다보면서 팔레스타인 청년들이 환타 캔을 두고 내기 사격을 하던 모습이나, 해 질 녘 이발소 앞 흔들의자에 앉아 있던 노인들을 떠올리며 거리 이전의 거리로 떨어져버리려던 저에게, 제롬 경은 이제 확신을 가장하는 시대가 당도할 것이라고 이 거리로부터 시작되어 이 거리가 끝내 확장해낼 세기로 자신을 데려다 달라 부탁해왔는데 그에 대한 보상이랄지 경고랄지 어느덧 거리에는 제롬 경이 불러낸 망자들이 살해당한 모습으로 돌아와 혼잣말을 중얼거리고 있었고, 흔들의자에 앉아 비명을 지르는 노인들의 몸속에서는 분해된 아기들의 팔다리가 노인의 살갗을 뚫고 나오고 있었지요. 당신이 다른 강령술사를 통해 본 적 있는지는 모르겠으나 한꺼번에 대규모의 영을 이동시킨 탓에, 땅바닥과 건물 벽 이곳저곳에 신체가 엇갈린 채 튀어나온 갓난아기들이 입 벌려 내장 기관을 쏟아내는 광경, 그것이 제가 겪은 첫 집단 강령술이었습니다. 그대로 혼절해버린 저는 다음 날 아침 길거리에 버려진 수많은 륙색 중 하나를 주워다 짐을 꾸리고선, 남은 한 손에는 새장을 든 채 거리를 떠났지요. 죽어본 적 없는 이들이 어떻게 스스로 살아 있다고 자신하는 것인지 우습다며, 또 그런 주제에 그

들은 죽음을 어떻게든 삶의 자기 연민적 서사로서 소비하려
고만 하고 있다고, 저는 제롬 경과 함께 카이로로 향하며 가
끔은 제가 대화하는 상상을 하고 있는 것은 아닌지 굶주림이
외상처럼 구축해낸 가상에 묻혀 단지 앵무새일 뿐인 앵무새
에게 말을 걸고 있는 것은 아닌지 의심하면서도 제가 단 한
번도 접해본 적 없는 이국들을 구체적인 어휘로 발음해내는
제롬 경에 매료되어, 그런 제롬 경이 유일하게 궁금해하는
다음 세기가, 제가 나고 자랐던 저에 대한 유일한 증거이자
이제 미래라 단정 지어져버린 그 세기가 저 또한 궁금해져
믿고 따라보기로 했습니다. 제롬 경은 종종 중세의 유리창들
이 지닌 아름다움에 대해 이야기했고 그중에서도 뛰어난 교
회당 이름들을 나열하며 그들이 애초에 각자가 한계로서 지
녔던 지리적 특성에 대해 설명해주면서 그런 문제점들을 해
결해야 하는 제작 과정에 있어서, 한계점 혹은 불가능성을
정확히 인지하는 것으로부터 시작해나가 스스로조차 상상해
본 적 없는 미감으로 오히려 진일보한 양식들의 놀라움을 알
려주곤 했습니다. 보트를 훔쳐 타거나 입국심사관의 증조부
영혼을 소환해내는 등 긴 여정을 거쳐 카이로에 도착해서도
피라미드보다는 힐튼호텔을 선두로 나일강 변을 낀 건물들
의 유리창을 한 장 한 장 품평하던 제롬 경은 올드 카이로에
서도 묘지에는 들어서지 않고 초기 그리스도 교회의 특별할

102

것 없어 보이는 창틀을 한참이나 감상했지요. 우리는 구시가지에서 헝가리인 부부가 운영하는 호스텔에 묵으며 MTV로 바닐라 아이스의 뮤직비디오를 보거나 해적판 DVD를 통해 프렌즈를 보았고 가끔 제롬 경은 새장에 거꾸로 매달려 차라리 자살하고 싶어 하는 눈치였다가도 또 어떤 때는 홀린 듯 하루 종일 TV에서 눈을 떼지 못했습니다. 그렇게 카이로에서의 일주일이 지났을 무렵 제롬 경이 만날 사람이 있으니 시타델로 가보자고 하여, 그곳에서 독일의 에이스 전투조종사이자 나치당 소속 공군기술부장이었던 에른스트 우데트의 영혼을 만나게 되었지요. 그들은 별빛이 똘망한 모스크를 배경으로 상아색 벽담 길을 거닐며 독일어로 이야기 나눴어요. 잠시 대화가 중단됐다 싶어 에른스트 국장을 바라보면 에른스트 국장이 저에게 빙그레 웃어줬고, 왼손으로 하늘을 가르키곤 오른손을 들어 아마도 전투기를 시늉하는 듯 허공을 배회하다가 다시 왼손을 부슬거리며 전투기 아래로 떨어지는 폭탄들을 묘사하더군요. 그다음에는 전투기였던 오른손을 권총 모양으로 바꾼 뒤 자신의 관자놀이에 갖다 대고 쏬고요. 저는 비행해본 경험이 없기 때문에 그들이 이야기 나눌 동안 별을 향해 고개를 쳐들고서 제가 볼 수 있는 곳들이 지닌 시점을 상상해내려 했으나 이내 바로 그 시선으로 하여금 압사당하리만큼 초라해져 고개를 숙여버렸지요. 그들은

103

장미십자회나, 적그리스도의 재림 이를테면 히틀러나 후세인 등으로 대표될지도 모를 현상을 이야기하지 않았고 무함마드 알리가 맘루크들을 몰아넣고 학살한 골목을 걸으며 터미네이터2에 대해 이야기했다고 호스텔로 돌아오는 길에 제롬 경이 말해주었습니다. 더불어 에른스트 국장이 저를 마음에 들어 했다고 알려줬는데, 그 말이 곧 제가 견습 강령술사로서의 의식을 치르게 되리라는 의미일 줄은 당시로선 알 수 없었지요. 그날 제가 꾼 꿈은 창문을 통해 거리를 내려다보는 장면으로 시작되었습니다. 뒤돌아보면 부모님이 식탁에 마주 앉아 담배를 피우고 있었고 복도로 나와 조심스레 손바닥을 난간의 손잡이와 스쳐가면서 계단을 따라나서면 건물 밖에서 에른스트 국장이 저를 기다리고 있었지요. 그는 자신이 두 발을 딛고 있는 곳이 저의 꿈속이라는 걸 알고 있다는 듯 제자리서 가만히 저를 향해 웃어만 보여 제가 앞장서 그를 안내해야 했습니다. 이상하게도 어느 곤충, 날파리 같은, 학술적 종을 댈 수 없는 벌레들이 거리 곳곳에서 눈에 띄곤 했는데 매일 식은 식감의 샌드위치를 팔던 카페테리아 앞에서나 치즈색 고양이들이 잠든 탁아소 줄무늬 차양 아래에서, 그들의 한없이 얇은 날개 위로 파르르 빛의 궤적을 그리던 물결무늬가 날개 안쪽에서부터 바깥으로까지 넓어질 때마다 그와 같은 수백의 날갯짓이 접었다 펼쳐내는 거리가 제가 단

한 번도 기억해본 적 없던 선명한 모습으로 아스러지곤 했어요. 경이로움, 공포, 아무런 차이 없이 동일한 각도로 무한히 순환해오는 감정들 혐오, 설렘, 분노 따위에 사로잡혀서인지 아니면 단순히 꿈에서 곤충을 처음 보았기 때문인지 넋을 놓다가도 눈앞을 어지럽히는 그들을 손으로 쳐내려 하면 에른스트 국장이 제 손목을 붙잡고서 고개 저었고, 저는 그제서야 그들이 비행기일지도 모른다고 깨달았습니다. 차양 아래를 무수히 부수며 허공의 영토를 두고 벌이는 공중전만큼이나, 런던 상공을 파티장처럼 화려히 수놓았던 폭격기의 불빛들만큼이나 치열하고 어마무시한 관성에 힘입어 타인의 꿈속까지 꿰찔러버린 에른스트 국장의 원념일지도 모른다고 말이에요. 우리가 멀리 교각이 보이는 길목을 지날 때, 에른스트 국장이 말해오길 '나는 어릴 적에 구름을 제가 움직이는 줄 알았습니다. 왜냐하면 그것은 내가 바라보고 있으면 바라보고 있을수록 움직였으니까요'. 저에게 꿈결로 발음된 억양을 설명할 재주는 없습니다만 그의 말들을 제가 알아들을 수 있었다는 것만큼은 분명히 기억할 수 있습니다. 에른스트 국장은 달빛이 환한 밤에 전투기를 몰고 나가 구름을 아래로 내려다보면서는 그 자신이 생의 바깥에 있는 것 같았다며, 그곳에서 적군기들을 폭파시킬 때마다 추락하는 기체들이 구름을 경계 삼아 마치 육체에게로 진입하는 것처럼 보

105

였다고 그러다 구름을 맞닥뜨리고 유리창이 수증기에 의해 물방울로 가득 분열되면 누구의 것인지 모를 울음을 마주하며 어째선지 슬픔을 송두리째 도둑맞은 기분이 들었다고 이야기했지요. 일본인들이 살던 건물로 들어서며 그들의 얼굴이 어떨지 궁금한 동시에 두려웠으나 에른스트 국장이 이곳에 와 있듯 제롬 경 또한 이 건물 옥상에서 우리를 기다리고 있을지도 모른다고 생각하니 조금 용기가 나더군요. 저는 앞장서 계단을 올랐습니다. 일본인들은 보이지 않았어요. 대신 눈앞의 충지고 해진 계단을 따라 기억과 동일한 음조의 일본어가 보이거나 잡힐 듯한 덩어리, 마치 행인과 같은 형질로 제 주위를 배회하곤 했습니다. 제복 코트를 걸치고서 제 뒤를 따라오고 있을 에른스트 국장과 꼭 닮은 질량으로 말이지요. 소리로, 음성의 군중을 줄줄이 내보내며 관처럼 닫혀 있는 문들을 지나 옥상에 도착할 때까지 저는 뒤를 돌아보지 않았습니다. 오를수록 자세해지는 계단을 오르며 뒤를 돌아보는 순간을 상상하는 것조차 버거웠기 때문에, 되찾은 계단 아래의 거리가 제가 떠나온 날과 같은 모습으로 무너져 있을까 두려워서가 아니라 뒤를 돌면 마주치게 될 비겁한 그리움이 정체 모르게 낯익은 냄새처럼 막연한 희망을 모두 한데 뒤섞어놓은 감상으로 거리를 물들여놓아, 제가 그곳에 계속 머물고 싶어질 것만 같았기 때문에서였지요. 마침내 옥상의 문을 열자 그곳에는 아주 깨끗이 손질된 새장이 놓여 있었습니다. 어찌나 관리가 잘되었는지 그 얇은 쇠 살마다 햇살이 미끄러지며 빛을 내고 있더군요. '구름은 거대한 영혼 같아요.' 어느덧 저를 앞지른 에른스트 국장이 난간에 기대 말했지만, 고개 들어 보아도 어디에서도 구름을 찾을 수 없었어요. 대신 저는 방금 전 에른스트 국장의 목소리가 에른스트 국장의 것이 아니라 제롬 경의 것이라는 걸 알아챘습니다. 새장 안에는 제롬 경 대신 눈, 코, 입 없이 시쳇빛 살가죽으로 얼굴이 뒤덮인 아기가 갇혀 있었으니까요, 에른스트 혹은 제롬 경은 새장을 열어 아기를 난간 위에 올려두고선, 두 손아귀로 아기의 얼굴을 붙잡아 두 엄지손가락을 쑤셔 넣어 샘물처럼 피가 터져 오르는 두 눈알의 자리를 만들어냈습니다. 다음엔 코, 입, 귀의 구멍을. 온통 피와 고름으로 뒤범벅되어 서서히 눈알을 굴리고 코를 벌름거리며 입 벌려 무언가 말하려는 아기의 새빨간 얼굴을 저는 난간 밖으로 밀어버렸는데 잠에서 깨어났을 때, 창밖을 지나가는 층적운이 마치 꿈으로부터, 아기가 머리통부터 떨어져 터져버린 거리로부터 반사되듯 붉게 물들고 있었고 새장 안에는 아무도 없었지요. 나이젤과 자피로가 나란히 앉은 플라스틱 테이블 위로 얼음이 녹은 유리잔의 그림자가 투명하게 번져오고 있었다. 그 후 아기의 얼굴을 떠올리려 할 때마다 매번 실패했지만, 지금은

확실히 기억나는군요. 하얗게 속이 비칠 정도로 투명해지다가 다시 어둠에 파묻히는 유리잔의 그림자를 지켜보던 자피로에게 나이젤이 말했다. 그건 바로 눈 녹은 베네치아 거리에 서 있는 당신의 얼굴이었어요.

집으로 돌아온 자피로는 자신의 방에 의자가 없다는 사실을 깨달았다. 자피로는 침대 모서리에 앉아, 나이젤이 눈앞에서 유령처럼 흐려지며 했던 말을 되뇌었다. '영혼은 그런 식으로 존재하지 않아요. 단지 이렇게 반사될 뿐이지요.' 잠든 자피로가 또다시 새벽에 눈을 떴을 때, 그자는 여전히 의자에 앉아 얼굴을 보이지 않았다. 나이젤의 영향 때문인지, 꼼짝도 할 수 없었던 이전과 다르게 자피로는 손발이 자신의 의지대로 움직여지는 것을 느꼈고, 당장 행동을 취하기보단 그자가 고개를 돌려 얼굴을 보여주길 기다렸다. 그동안 이토록이나 오래 의자에 앉은 이를 관찰해본 적 없어 눈치채지 못했지만, 의자에 앉아 가끔 고개를 주억거리는 이는 아무래도 졸고 있는 것 같았는데 의자는 도대체 어디서 나타난 것인지, 자피로는 누운 몸을 조금씩 끌어 올려 벽에 등을 기댄 채 의자에 앉아 있는 이가 갑작스레 달려들 경우를 대비했다. 창문이 없는 자리에서 창밖을 감상하듯 의자에 앉아 있던 이의 한편이 순식간에 환해지고 번개가 친 것처럼 번쩍거리던 이가 반 박자 늦게 허리를 세우며 자피로를 돌아봤을 때, 마침내 자피로는 새벽만 되면 자신의 방에 들어와 고뇌하던 이가 발 킬머라는 사실을 알게 되었다. 나이트가운을 입은 발 킬머와 자피로가 서로를 마주한 처음에는 잠시간 아무도 먼저 말을 꺼내지 않다가는, 둘 모두 서로에게 왜 자신의 집에 있는 건지 물었고 둘 모두 자신이 자신의 집에 있다고 대답했다. 서로에게 다가가 촉감을 나눠볼 엄두는 내지 않고서 둘은 각자의 자리를 벗어나지 않은 채로 이야기를 이어갔는데, 간혹 조금 전과 같이 환해졌다 어두워지길 반복하던 발 킬머가 지금 그곳에도 창밖으로 비가 내리고 있는지, 발 킬머 씨 옆에는 창문이 있습니까? 나에겐 당신도 창문 옆에 있는 것으로 보이는데,라며 발 킬머는 아메리카 원주민 부족이 만든 러그와 조지아 오키프의 그림이 걸려 있는 거실의 구조를 묘사해줬고 자피로 또한 침대만 있고 창문도 아무것도 없는 자기 방을 설명해줬지만 각자의 어둠 속에서 자라난 서로를 아직 믿지 않았다. 자피로는 나이트가운 앞섶을 여미는 발 킬머에게 어릴 적부터 당신이 우상이었다는 고백과 함께 차림새로 보아 그곳 또한 잠들 시각인 것 같은데 왜 매일 거실에 나와 밤새 앉아 있는지 물었고, 발 킬머는 자신이 지워지길 바라는지 기억되길 바라는지 알 수가 없기 때문에 잠에 들 수 없다고 대답했다. 배트맨다운 고민이네요. 발 킬머는 조엘 슈마커를 생각할 때마다 여전히 한 대 갈기고 싶고,

친구들과 다크나이트를 보고 온 아들이 며칠간 자신을 경멸하는 것 같아 두려웠다 이야기하면서도 창밖에서 눈을 떼지 않았는데 산타페 거리를 대칭으로 미끄러뜨리는 빗물은 자피로에겐 보이지 않았다. 발 킬머는 거실에 앉아 비 오는 산타페 거리를 걸었고 비 오는 힐사이드 공원을 어슬렁거렸고 비 오는 공업단지의 굴뚝을 바라보았다. 발 킬머는 비 오는 레스토랑 주차장에 서 있었고 비 오는 테니스 클럽 탈의실에 앉아 있었고 비 오는 호숫가에 누워 두 손으로 얼굴을 가리고 있었다. 발 킬머는 비 오는 산타페 나무농원의 낙우송 아래 기대어 있었고 비 오는 페이스트리 전문 빵집 앞에서 진열대의 사과잼을 구경했고 엉엉 눈물을 흘리며 치과를 나오는 남자아이를 빗속에서 응원했다. 영화 속에서 존재하는 일처럼요? 아니. 존재를 겹쳐놓는 일처럼. 자피로가 평행오변형에 그려져 있던 손바닥을 떠올리며 발 킬머의 오른손을 살펴볼 때, 발 킬머는 서른여섯 살이고 말런 브랜도와 함께 정글에서 비를 맞고 있었다. 이미 영화의 그 어느 곳에도 존재하지 않을 수 있게 된 말런 브랜도가 발 킬머에게 카메라 바깥을 보는 방법을 가르쳐주기 위하여 그의 어깨에 두 손을 얹어둔 채 한 손을 들어 올려 카메라 너머를 가리켰을 때, 줄리아드 연기학교에 최연소로 입학한 발 킬머는 열일곱 살이고 애리조나 근처의 별장 마당에서 비를 맞고 있었다. 차가

워지는 몸 밖에서 부엌의 쿠키 냄새가 달콤했다. 빗소리만
가득한 풀장 근처를 천천히 걸으며 아벨 페라라에게 보낼 편
지에 적을 문장을 고르다가는 이내 선베드에 누워, 거실의
가족들이 자신을 두고 나누는 농담을 엿들었다. 방학이 끝나
기 전에 차도 한 대 사고 싶었고 그 차 안에서 편지를 마무리
하고 싶었다. 아벨 페라라 영화의 주연으로 발탁돼 아카데
미와 칸 영화제에서 남우주연상을 받는 상상을 하거나, 동생
웨슬리를 리무진에 태우고 베버리힐스의 파티장들을 순회
하는 상상, 유럽의 호텔 테라스에서 포르투갈 혹은 폴란드의
신출내기 감독들과 함께 커피를 마시는 상상을 하면서, 배트
맨이 될지는 알 수 없었지만 대중적 인기와 비평적 찬사 둘
모두를 얻을 자신은 있었다. 그것을 위해 희생할 준비가 되
어 있다고 생각했기 때문에. 그게 무엇이든, 얼마만큼의 고
통이든 언제나 얼마든지. 스물여섯 살의 발 킬머는 샌디에이
고 해병항공기지의 술집에서 비를 피하고 있었고, 그의 눈앞
에서 톰 크루즈라는 꼬맹이가 광기 어린 눈빛으로 욕망을 재
능인 양 가장하고 있었다. 조금도 닮지 않은, 오히려 정반대
의 눈매였음에도 톰 크루즈는 너무나 어린 나이에 생을 마감
해야 했던 동생 웨슬리를 떠올리게 했고, 발 킬머는 촬영이
끝나면 해안 도로를 따라 드라이브하면서 피닉스의 꼬리로
휘갈겨진 듯한 노을이 불러온 저녁에는, 리복 운동화를 신

고 별빛처럼 자연스레 다운타운부터 부둣가를 이은 주택 조명을 감상하며 언덕배기까지 조깅했다. 가끔씩 분노와 슬픔의 형태로 현재를 찢어낼 듯이 솟구쳐 오르는 장래를 간신히 참아낼 때마다 괜찮다고 아직 조금 더 불행할 수 있다고 주문하면서 아벨 페라라의 영화 속에 존재하는 자신의 모습을 자주 떠올렸는데 그럴 때면 이미 극장을 채운 기립 박수 소리가 들려오는 듯했다. 밤의 가장 어두운 곳으로부터 깊이를 헤아릴 수 없이 밀려오는 샌디에이고의 파도 소리처럼. 관객이 없는 극장을 나와 호텔로 돌아가는 리무진 안에서 마흔다섯 살의 발 킬머는 더 이상 영화에서 존재하지 않았고, 라디오에서 마침내 삶에서조차 존재하지 않는 방법을 터득한 말런 브랜도의 부고 뉴스가 흘러나왔을 때는 말런 브랜도가 가리킨 손가락을 따라 응시하던 카메라 바깥에서 눈을 떼어, 아들 잭 킬머를 바라보았다. 콤플렉스이기도 했던 자신의 투박함 곳곳이 아내 조앤의 예민한 곡선이 우아하게 녹아내린 자태로 파리 패션위크의 생로랑 런웨이를 날아오듯 걸어오고 있는 천사를. 잭 킬머는 카메라 안에 다소 거만한 자세로, 긴장 어린 표정을 치기로도 숨기지 못한 채 슈퍼스타가 될 자질을 갖춘 이들 특유의 어설프고도 외로운 얼굴로 소파에 앉아 있었고, 자기가 한때 스스로를 확신하며 존재해온 자리에 다리를 꼬고 앉아 있는 아들을 지켜보던 쉰다섯 살의 발 킬머는 조용히 상영관을 나와 불 꺼진 비상구 계단을 걸어 내려갔다. 가장 좋아하는 영화로 징후와 세기를 꼽으며 아피 찻뽕 위라세타쿤의 영화에 출연하고 싶다는 아들의 인터뷰가 커다란 창밖으로 초록빛 잎사귀들이 아열대처럼 쨍쨍한 아틀리에서 진행되었는데, 좁고 어두운 비상구 계단을 내려오며 발 킬머는 입구에서 잠시 머금었던 극소량의 불빛이 잔상이 되어 어둠 속으로 얼룩질 때 평생 이곳에 머물러온 것 같다고 기이하게 휘어지다 사라져버리는 무늬들로 극장도 바깥도 아닌 곳에서, 발작처럼 보이지 않는 비를 맞고 있는 발 킬머를 지켜보던 자피로는 거실에 나와 나이트가운을 입고 무너지고 있는 자가 비 내리는 그 자신의 존재들로 하여금 스스로 익사하려 하고 있음을 깨달았다.

'톰슨의 카페' 인기 메뉴 부동의 1위는 두말할 것도 없이 피자오믈렛이다. 밀크티가 두번째고, 세번째는 블루시티 도넛. 염소치즈 플랑은 열네번째쯤이다. 제이콥 톰슨 주니어는 매주 화요일이면 세계 최고의 염소치즈 플랑을 만들기 위해 꼭두새벽부터 시장에 나섰으며 가장 좋은 재료들만 엄선해 본인의 쉐보레 조수석에 실어 날랐다. 재료의 컨디션을 생각해 가게로 오는 길에는 마르크 앙드레의 드뷔시 연주만 재생했고, 부엌에 도착해 재료를 펼쳐놓기 전까지는 담배도 피우지 않았다. 앞서 말했듯이 '톰슨의 카페' 인기 메뉴 1위는 피자오플렛이고 그것은 압도적이다. 누구도 '톰슨의 카페'에 염소치즈 플랑 따위의 메뉴가 있는 것을 알지 못했고, 1년에 한두 번 블로거들이 주문하긴 했지만 사진이나 찍곤 치워버렸다. 로잔 예술대학에서 시각예술을 전공하던 제이콜은 방학을 맞이해 떠난 바이크 여행에서 리에주의 한 늪지대에 머문 적이 있었는데 그곳에 딸린 작은 오두막에서 먹은 염소치즈 플랑에 충격을 받아 대학을 중퇴하고, 늪의 사색가이자 요리사인 흐리스트 다마가 보름달을 보러 나온 악어에게 두 다리를 내어주기 전까지 그의 밑에서 5년간 수행했다. 30년간 실종 처리되었던 모나코 왕실 소속 수석 요리사로 밝혀진 흐리스트 다마의 요리 일지는, 20세기 최후의 미각이라는 전설적인 이력까지 덧붙여져 경매가가 50만 불까지 치솟았지만 제이콜이 그것을 팔지 말지 고민할 동안 이미 가짜 판본이 43만 불에 거래되었다. 사실상 무학력자에 빈털터리가 되어 고향으로 돌아온 제이콜은 어머니 톰슨의 카페를 이어받았고 '톰슨의 카페' 인기 메뉴 1위는 피자오플렛이다. 피자오플렛은 어머니 톰슨이 그의 어머니로부터 물려받은 레시피로, 만드는 데 10분도 걸리지 않고 먹어본 적 없는 사람조차 맛을 똑같이 따라 낼 수 있을 정도로 간편한 음식이었는데 그나마도 귀찮아진 어머니 톰슨이 인스턴트로 대체했지만 손님들

114

은 맛이 더 깊어진 것 같다느니 피자오믈렛의 마태복음이라느니 호들갑을 떨었다. 제이콥은 아침 6시경 카페에 도착해 시장에서 사 온 재료들을 조리대 위에 펼쳐놓았다. 블라인드를 올린 제이콥이 조리대에 몸을 기댄 채 담배를 꺼낼 때 통유리로 안개 낀 거리가 물빛처럼 흘러왔고 가끔씩 희미한 자동차 전조등 지나가면 제이콥은 불붙은 담배를 내려놓으며 기도 올리듯 흐리스트 다마의 레시피를 되뇌었다. 두 다리를 악어에게 내어준 채 두 팔로 오두막까지 기어 오던 요리사를 떠올리면서. 요리사가 생전에 그런 일을 당할 만큼의 악행을 저질렀길 바라면서. 언제나와 같이 '톰슨의 카페' 첫 손님은 핵사토르였고 AP통신의 부고 전문기자인 핵사토르는 카페에 들어서자마자 제이콥이 스승의 내장을 틀어막았던 손으로 인류 역사상 가장 뛰어난 염소치즈 플랑을 준비하든지 말든지 피자오믈렛과 밀크티를 주문했다. 제이콥이 전자레인지에 피자오믈렛을 돌릴 동안 핵사토르는 또 어떤 가여운 죽음이 이진법이 되어 우주를 떠돌다 블랙베리의 진동음으로 나타나길 기다렸는데 제이콥은 핵사토르에게 밀크티를 내어주며 태국에서의 휴가는 어땠는지 물었고, 설탕 봉지를 뜯던 핵사토르는 그토록 선명한 풍경 속에서 매일 밤 죽은 자들이 꿈속에 찾아왔다고 대답했다. 첫날부터 하루에 몇 번씩이고 예고도 없이 쏟아지던 비에 젖으며 밤늦게 숙소에 도착

115

했을 때, 한 명의 직원이 맨발로 커다란 비를 이용해 마당을 쓸고 있었는데 다음 날도 그다음 날도 그 모습을 마주칠 때마다 자기도 모르게 발뒤축을 들어 최대한 소리를 내지 않으며 마당을 가로질러 갔다고, 아유타야에서 유적지를 돌아다니며, 사람 대신 나뭇가지를 지나온 바람이 숨결로 들려오는 사원을 뒷짐 져 어슬렁거리면서 전날 새벽에 나타난 죽은 이들의 몸짓을 따라 했고 이 국가의 지리, 위도상의 특수성 때문인지는 모르겠지만 이곳이 불러냈음이 분명한 죽은 자들을 떠올리다 보니 노동의 무한한 옆모습으로 마당을 쓰는 사람의 형상이 사원의 보리수나무 아래에서도, 그늘진 나무 등에 기대어 앉아 스케치북에 크레파스 칠하는 아이에게서도, 가부좌 튼 채 목 잘린 부처상들에게서도 연속되는 것 같았다고, 어지러울 정도로 밋밋한 얼굴을 흘기며 죽은 자들은 꿈속을 돌아다니곤 했는데 그가 카자흐스탄 출신 원반던지기 선수의 부고 기사를 쓰느라 장례식을 놓쳤던 조카 또한 만나볼 수 있었다고, 그들과 무슨 대화를 나눴어? 서로를 마주하기보다 어깨를 스쳐가면서 그저 그렇게 거리와 골목에 서 있거나 앉아 있는 태국 사람들의 자세에서는 놀라운 균형감이 느껴져서 고작 땅을 딛고 있는 것만으로도 생물로서의 분명한 영역을 만들어가는 사람들의 안정감이 시야가 닿는 곳마다 차올라 허리에 두 손을 짚고 그들을 내려다보고 있었음에도 자신이 보잘것없이 작게 느껴졌다며, 밀크커피를 마시기 위해 들린 차이나타운의 총포상 앞에서는 얼굴부터 몸 가득 염증과 커다란 붉은 종양이 올록볼록 튀어나온 남자가 길바닥에 앉아 있었는데 햇볕에 새빨갛게 달아오른 질병 사이로 누런 땀을 흘리던 그자가 혼잣말을 내뱉었고 그의 입 밖으로 별반 다르지 않은 인간의 목소리가 튀어나왔을 때의 기이함, 죽은 자들이 꿈속에서 악몽을 거부하던 고갯짓들로 대화 대신 표정을 이어갔을 때 마치 죽은 자들이 핵사토르 그 자신을 꿈꾸고 있는 것처럼 주체를 잃은 거리에서 조카의 두 손에 들린 모형 기차를 기억해내면서 물방울이 손가락 사이로 느껴졌고, 그렇게 얼음 녹은 밀크커피의 플라스틱잔을 뒤늦게 확인하며 총포상 앞 병자의 목소리 안에 머무는 일은, 비가 내리면 지붕에서 물이 새는 30바트짜리 기차의 창밖을 바라볼 때와 동일한 슬픔이었다고 말했다. 순도 높은 슬픔. 핵사토르는 그것이 우울이나 외로움 따위의 기타 감정이 일절 섞이지 않은 슬픔 그대로의 슬픔이라는 것을 뒤늦게야 알아챌 수 있었다고, 순수한 결정으로 차오른 슬픔, 수상 택시를 타고 도착했던 야시장의 벤치에 앉아 있을 때, 옆에 앉은 사람들의 말소리와 회전목마 앞에 서 있는 노인 그리고 강 건너 호텔 불빛들이 물낯에 스며든 모습이 각기 어디서부터 어디까지인지 분간 가지 않을 동안 마치 울음의 내부로 초대받은 기분이 되어 어떤 기억이나 전망 없이 정확히 어디인지 알지 못하는 그러나 분명히 벌어지고 있는 축제 같은 슬픔에 서서히 들떠갔는데 그렇게 가까워질 듯 멀어지고 가까워지길 반복하는 마음의 높낮이로 사람들은 움직이고 팟타이는 식어가고 관람차는 회전하고 전철을 갈아타고 빗물이 고인 열대나무 아래를 최대한 천천히 걸어 숙소로 돌아오던 길 내내, 그는 알몸으로 욕조에 누워 펑펑 울다 잠드는 자신을 그려보았으나 막상 따듯한 물속에 몸을 담그고 있어본들 단 한 방울의 눈물조차 흘리지 못했다며, 다만 젖은 몸으로 욕실을 나와 바람을 유인하여 밤을 거두는 백색 커튼을 마주한 의자에 앉아 있으니, 한 방울의 눈물조차 허락하지 않던 순수한 슬픔이 저 먼 별빛으로부터 출발하여 차가운 커튼 아래로 비밀스레 흘러넘쳐오는 자살 욕구를 물리치고 있음을 알 수 있었는데, 나부끼던 커튼이 슬며시 가라앉을 때마다 아주 기다란 감촉이 입맞춤처럼 죽은 자들의 꿈속에서 보이지 않는 죽은 자들로 하여금 사후의 끝없음을 일깨워주는 것 같았다고 말했다. 제이콜은 자신 또한 경험했을 뿐더러 그동안 숱하게 보아왔던 손님들과 마찬가지로 핵사토르가 여행에 실패했음을, 그리고 그 자괴감에서 벗어나기 위해 여행 내내 감정을 과잉하는 데 온 신경을 집중했다는 사실을 눈치채고 있었고, 아직 아무 죽음도 당도하지 않은 블랙베리를 살피던 핵사토르는 피자오믈렛이 나오자, 두 손을 교차하여 성호를 그은 뒤 다소 인종차별적이며 오리엔탈리즘에 물든 이야기를 마저 이어나갔다. 마지막 날 저녁 비가 그친 르부아호텔의 루프톱 바에 앉아 있었을 때, 아이패드를 든 직원들이 지나가고 옆자리에 서로를 마주 보고 앉은 일본인 연인들의 시선이 밀려나는 먹구름을 향하면, 기습 폭우 탓에 한 시간 전만해도 빗방울에 얼룩진 버스 창가로 과장되어 다가오던 공상과학적 불빛들이 보정 없는 색채로 루프톱 바깥의 도시에 촘촘히 박혀 있었는데, 감상한다기보다 바로 눈앞에 스며들면서도 너무 멀어 잡을 수 없는 불빛들을 그저 배경으로 삼은 채 전자담배를 피우는 일본인 연인들 곁에서 핵사토르는 자신이 미래에서 온 것 같았다고 말했다. 64층 높이의 바에 앉아 푸른색 칵테일이 담긴 술잔과 저기 먼 아래 직사각형으로 흐르는 시민 수영장을 번갈아 보다가는, 그 주위로 징그러이 흩어진 빌딩 불빛들에 집중하다 보니 이 도시 자체가 유적지처럼 느껴졌다며 서서히, 유적지가 될 미래의 유적지들을 미래에서 돌아와 감상하는 기분, 알아들을 수 없는 종류의 외국어들이 허리를 꼿꼿이 세운 슈트 차림 직원들 사이를 오가는데, 이 도시의 가장 높은 곳에서 구름의 방향으로 넓어진 하늘을 올려다보던 일본인들의 얼굴이 사실은 죽은 자들의 것일지도 모르듯이 불빛을 바라보며 누워 있는 도시가 목이

119

잘린 채 누운 부처의 석상과 겹쳐져갔다고 어쩌면 그것이 미래로 돌아가려는 자세일지도 모른다고 생각됐을 때는, 눈앞으로 무너지거나 부식된 미래의 빌딩들이 나타났으며 한순간이지만 먼지와 바람이 갈라지고 있는 유적지를 걸어볼 수 있었다고 찰칵찰칵 야경을 찍는 사람들이 카메라 플래시로 무량의 시간 속에서 현재 바깥의 무늬들을 모조리 학살하기 전까지. 천변을 낀 골목에서 중년 남성이 비둘기 목을 가위로 자르던 모습, 팁을 더 달라 소리 지르던 뚝뚝 기사의 모습, 총포상 앞에 앉아 혼잣말을 중얼거리던 자의 얼굴 등등, 더 이상 처음 보는 사람들과 죽은 자들을, 처음 보는 도시와 죽은 도시를 어떻게 구별해야 할지 모를 동안 핵사토르는 그제야 여행 내내 그리고 이때까지 자신의 것이라고 여겨왔던 모든 감상이 사실은 모두 하나의 국가, 외국이라는 픽션의 소유였음을 알아챘다며. 피자오믈렛의 인스턴트 토마토 향내가 기막힌 '톰슨의 카페'에서 세 사람은 핵사토르가 블랙베리 메시지를 확인하길 기다렸고, 마침내 핵사토르가 블랙베리를 다시 테이블 위에 올려두자, 자피로가 물었다. 혹시 발 킬머야? 핵사토르가 대답했다. 아무도 죽일 필요 없어.

드래프트 1라운드 9픽으로 호명됐을 때, 조시는 총격에 얼굴이 아작 난 시신을 복원하고 있었다. 조시가 유족으로부터 전해 받은 증명사진을 살피며 주물해둔 콧대를 다듬자, 대학 코치와 통화를 마친 어머니 안젤라는 조시의 손을 붙잡아 시신과 떨어뜨려놓고선 더 이상 네 손을 이곳 밖으로 두지 말라 말했다. 두 사람은 짧게 포옹했고, 조시는 철제 계단을 올라 문을 열었다. 6년 전 켄트카운티의 유일한 클럽에서 화장실 문이 열리기 전까지 테리라는 남자아이의 성기를 빨고 있을 때만 하더라도 그 아이가 입안에다 발포한 총알의 원심력 탓에 뒤통수가 사라진 시체가 되어 나타날 줄은 알 수 없었다. 미성년자였던 두 사람은 클럽에서 쫓겨난 뒤, 염소 목장 앞에 세워진 혼다 바이크 한 대를 훔쳐 타고서 베

123

터틴 해변까지 질주하여 필요한 만큼의 섹스를 바위 아래에서, 주인 모를 요트 안에서 두 번 마친 후, 정액 냄새를 지울 겸 바다 수영을 하고 돌아와 다시 또 해변의 벤치를 이용해 한 번 더 하고선, 팔베개 눕힌 머리 너머 옅어지는 어둠 속으로 새소리가 하나둘 섞이기 시작할 때쯤에서야 백사장 여기저기 깊게 새겨진 그들의 흔적을 등지고 돌아왔다. 대화 없이 체스터타운에 자리한 고급 주택가의 잎사귀 퍼렇게 젖은 나무 아래들을 통과하며 훔친 바이크 앞좌석과 뒷좌석에 앉아 한 줄의 속도로 각자의 아침을 세계에서 유일한 미래처럼 피자헛 창고에서 한 번 더 엉키려다 지친 두 사람은 헤어지기 전에 연락처를 주고받지 않았는데, 조시가 그리워했던 고향의 침대에서 혼자 깨어났을 때 테리의 얼굴은 이미 완벽히 복원되어 있었다. 6년 전 서로 더듬었던 얼굴이 24k 금목걸이와 함께 담긴 마호가니 관 주위로, 지역 갱단의 일원들이 까마귀가 그려진 반다나 두른 채 장례식장을 채웠고, 유치장에서 고용한 가정폭력범 목사가 추도문을 읽을 동안 부러 허리의 총집을 쓰다듬어 보이는 보안관들이 마당을 배회했다. 조시를 알아본 몇 대학 미식축구 팬들이 사진 찍어 인스타그램에 RIP, CROWKING, $hooting$tar, withmagichand 따위 '누군지 모르겠지만 형제들이 찍어서 나도 찍음' 해시태그 달아 올리면서 조시에게 테리와 알던 사이냐 물어오면, 조시는 본인은 단지 이 장례 업체의 일원일 뿐이라 답했다. 데니스 드영의 찬송가 앨범이 두 바퀴쯤 돌자, 톰포드 선글라스 낀 연방 소속 보안관이 식장에 들어서서 간부로 보이는 갱에게 뭐라 속삭였고, 무전 소리 요란해지더니 곧 리무진에 관을 싣는 작업이 이어졌는데, 관이 리무진에 실리고 나서는 미리 차에 타 있던 보안관들이 일제히 울린 사이렌을 신호 삼아, 에어리프트 튜닝된 마세라티를 선두로 각종 캐딜락들이 카운티 보안관들의 호위를 받으며, 반세기 전 아프로아메리칸 침례교회 장로와 이탈리아 이민자가 공동 설립한 Keith & Luciano 장례식장을 떠나갔다.

밤새 테리의 시신을 복원해야 했던 안젤라와 몇 친지들을 데리고선 이탈리안 레스토랑에서 저녁 식사를 마친 조시는 그들과 함께 집으로 돌아가는 대신 아직 봄볕이 미세하게 남아 부드러운 시가지를 혼자 걸었다. 통화 중에 대학 코치는 더 높은 순위를 예상했지만, 가족 이력부터 너의 비밀스러운 사생활까지 몽땅 살펴본 스카우터들이 결국 너를 두려워하게 된 것 같다며 심지어 지명식에조차 불참했으니 이 순위를 받은 것은 당연한 결과일지도 모른다고, 그러면 이제 그것을 어떻게 이용해야 할까요, 라고 조시가 묻자, 사람들은 그것을 짓밟거나 그것에게 짓밟히거나 둘 중 하나만을

125

선택하게 될 것이라고, 특히 이 편협할 정도로 멍청하고 애국적인 남자 관중들이 지배하는 리그에선 절대 중간이 없지. 기억과 다를 것 없이 이파리 풍성한 나뭇가지 사이로 걸쳐진 가로등 불을 바라보며 걷던 조시는 목적지 없는 척 걸으면서 자신이 클럽으로 향하고 있다는 것을 알아채고, 걸음을 의심하며 걸으면서 걸음을 멈추는 일은 불가능하다 깨닫고는 급히 길모퉁이를 돌았다. 그렇게 갑작스레 나타난 길이 흐트러진 공기 속에서 헤드라이트의 묽은 명도에 번져 뻗어나가고 염두해보지 않은 풍경의 끄트머리로부터 흰 제복 차림의 해군 무리가 비틀거리고 있어, 조시는 그들을 지나가기 위해 길을 걸었다. 술내가 각자의 체취에 섞여 퍼져 오르는 그들 사이를 지나오기까지 아무 일도 일어나지 않았는데, 다시 멀어지고 나서야 군가에 실려 흩날리는 시큼함이 한 조각 정도라 할 수 있을 만큼의 바다가 되어 조시를 적셨다간 이내 자취를 감추었다. 열네 살 적 안치실에 몰래 들어와 시신의 입안으로 성기를 집어넣던 경비원을 보며 발기했던 순간처럼. 당신이 지금 왜 여기에 있는 거죠? 지금쯤 피츠버그 캠프에 합류해 수영장에서 코카인 파티라도 하고 있어야 하는 거 아니에요? 조시가 당장 눈앞에 보이는 아무 술집에 들어서자마자, 스포츠 뉴스를 보던 손님 몇이 쏘아붙이기에 조시는 자신이 여기에 있다는 사실을 다른 이들에게 알리지 말아달라는 의미로 손님 모두에게 스카치 한 잔씩을 돌린 뒤, 바 테이블에 앉아 커피를 주문했다. 이름이 기억나지 않는 고교 동창을 만난 것은 조시가 커피 한 잔을 다 비우고서, 원두 찌꺼기가 까맣게 굳어 있는 커피잔 바닥을 바라보고 있을 때였고 테렌스라 이름을 소개해온, 조시와 동창이라 주장하기에는 무척이나 늙어 보이는 이 형사는 조시의 옆자리로 앉으며 밑도 끝도 없이 최근에 수사한 사건에 관하여 떠들기 시작했다. 테렌스가 맡은 사건의 주인공은 아나폴리스 시청 소속의 하수도 설계팀 일원으로, 도시에서 썩은 내가 풍긴다는 민원이 일정 수준 이상 쌓일 때마다 도로의 맨홀 뚜껑을 열고 하수도로 기어 들어가 탐사하는 것을 직무로 맡고 있었지만, 위자료 문제로 골머리를 썩던 그는 어느 날 지역신문 1면에 실린 대규모 마약 조직 소탕 기사를 보고 영감을 받아, 하수 도로의 마약 밀수를 주도했고 결국 시장을 재건하여 그쪽 업계에서 '하얀색 바퀴벌레'란 별칭까지 얻게 되었다. 거의 사색에 가깝게 도시를 순환하는 물의 흐름을 읽어내며, 배수관을 통해 흘러온 마약 봉지들을 건져내던 그는 위자료를 전부 다 갚고 외동딸에게 리애나 콘서트 티켓까지 선물할 정도로 돈을 벌고 나선, 다시 평범한 공무원으로 돌아가고 싶어 했으나 그가 도시 최하층에서 벌여놓은 일이 342피트 상공의 하버뷰호텔 유리창을 닦는 청소원 주머니 속까지 오염시켰으

127

므로 이미 그의 재량만으론 수습 불가능한 지경에 이르러 있었다. 갱단의 살해 협박 탓에 매일매일 하루 종일 말 그대로 바퀴벌레처럼 하수도를 쏘다니던 그는 시궁창에 얼굴을 처박고 흐느끼다가, 돌아보는 곳마다 거대한 구멍으로 그늘이 자라나는 이 과소평가된 실수에서 벗어날 방법을 하나 생각해냈는데, 테렌스가 부랑자 차림으로 위장 수사를 벌이다, 동료에게 연락을 받고선 곧장 유치원 앞의 맨홀 뚜껑을 열고 들어가 현장에 도착했을 때, 하수도 천장에서 핏방울이 폭우처럼 쏟아지고 있었다고 했다. 이름을 들어도 좀체 기억나지 않는 동창의 이야기에 한참을 빠져든 조시가 도대체 그곳에서 무슨 일이 있었던 거냐고 묻자, 핏물로 뒤덮인 10만여 마리의 바퀴벌레에게 짓밟힌 듯 테렌스는 침몰한 초점으로 더 이상 아무 말도 하지 않았다.

조시는 간판이 기운 술집 앞에 서 있다가 마시오의 부축을 받아 우버 택시에 올라탔다. 그들을 알아본 기사가 엊그제 경기를 봤다며, 마지막 터치다운으로 이어진 패스가 경이로웠다고 조시에게 그런 정신 나간 패스를 할 때 무슨 생각을 하는지 물었고, 조시는 당신 가족들의 생식기를 떠올린다 대답했다. 지난주에 패션잡지 기자가 비슷한 질문을 던졌을 때는 경기 시작 전에 칼로 두 손바닥을 그은 뒤, 수컷 아기

박쥐 한 마리를 목 졸라 죽이는 의식을 치른다 대답했고, 입단식 날 구단주에게는 어릴 적 생체 실험을 당한 적이 있어서 그 이후로 초능력이 생긴 것 같다 말했는데, 슬럼프에 빠져 지방시 벨트로 목을 매달아 자살 기도했던 라인맨 휴즈의 병문안을 갔을 때는 단둘이 병실에 앉아 눈물을 흘리고 있는 휴즈에게 그냥 던진다고 고백했다. 아무 생각이나 계산도 없이 단지 공을 쥐고 있는 게 너무 귀찮아서 아무 데나 던져버리는 거라고. 그날 밤 휴즈는 텅 빈 별빛의 창밖을 바라보다 스스로 혀를 깨물어내는 데 성공했지만 당장 간호사에게 잘려 나간 혀를 봉합당했고 결국 재갈 물려 정신병동에 감금되었다. 말이 없어진 우버 택시 기사 뒤에서 조시는 차창을 열었다 닫으며 옆 차선이 유리에 가려진 모습과 그렇지 않은 모습을 번갈아 바라보며 택시 안에서 자신의 어깨에 머리를 기대 잠든 마시오를 바라보고, 바이크 뒷좌석에 앉아 앞사람에게 몸을 기대어 있는 청소년 둘이 그들을 지나가며 잠든 표정 위의 가로수들 체스터타운 고급 주택 단지 소금 냄새 오른손을 앞좌석 테리의 티셔츠 속으로 집어넣으면 웃음소리가 조그맣게 소름 이는 살결 위로 찬 손을 녹이면서 버클 풀린 청바지 허벅지 사이로까지 조시는 테리의 등에 기대어 모래알 붙은 리넨 감촉으로 조금의 햇빛이 새벽을 솎아내다 환하고 파랗게 얼룩지는 고급 주택 단지를 뒤돌아보고 멀어질 듯 가까워져만 오는 시야가 선명함으로 가득해 다시 택시 손잡이를 돌려 창밖을 유리로 가려뒀다.

조시, 조시, 조시는 조식 뷔페에 앉아 있었고 맞은편에서 안젤라가 샐러드 접시 너머로 그와 눈을 마주하고 있었다. 그가 무슨 문제가 있는지 묻자 조시는 지난 주말 어머니가 공항을 나서던 순간부터 방금까지도 쉴 새 없이 걱정하셨던 여동생 미아에 대해 생각하고 있었다고, 소질 없이 미술대학에 다니는 학생들은 으레 구루를 찾기 마련인데 이전 세대의 그들이 영적임에 집착했다면 이제 그 자리로 디지털이 들어선 것뿐이라고, 비록 우리 몰래 미아가 자기 이름을 세가새턴으로 개명하긴 했지만 그게 맥도날드 앞에서 발가벗고 명상을 하던 히피들보다는 더 나을 수 있으니 걱정하지 마세요. 얼마 전엔 친구들과 집에 놀러 와서는 안치실에서 송장들 머리에 VR 고글을 씌워놓곤 무슨 의식을 치르더구나. 아마 괜찮을 거예요. 밤새 걔네들은 말 한마디도 꺼내지 않았어. 모두 휴대폰으로만 이야기했지. 미아는 언제 도착한다고 했죠? 조시가 손짓하자 직원이 코트를 가져와 안젤라에게 걸쳐줬고 호텔 로비를 나서면서 안젤라는 조시의 오른팔에 팔짱을 기대어 걸었다. 가끔 바람이 매섭게 불어오면 조시는 헝클어진 스카프를 여며주면서 안젤라의 목덜미에게서 풍겨오는 냄새가 안젤라가 반평생 동안 복원해온 송장들과 닮아가는 시간만큼 그에게 자신의 문제에 대해 고백할 수 있는 시간 또한 줄어들고 있음을 알았다. 팀이 마련해준 호텔에 불편한 점은 없냐고 물으며 마음에 들지 않을 경우 언제든지 바꿔줄 수 있다고, 안젤라는 이것만으로도 과분하다며 손사래 쳤고 두 사람은 백화점 앞에서 집시기타를 연주하는 이집트인에게 지폐를 건네주거나, 보석점 앞 유대교인들의 카드놀이와 패 놓인 테이블 위로 깡충깡충 얼굴을 올려두는 보더콜리 강아지를 구경하면서 미아 또래의 젊은 연인들이 그들 자신처럼 선명하고 화려한 햇볕의 테라스들을 차지하고 있는 카페 거리를 지나 공원까지 걸었다. 그리고 그들이 호수가 내다보이는 공원의 벤치에 앉아 있을 때, 조시는 아까 호텔 뷔페에서도 보았던 새하얀 얼굴의 저신장증의 사내가 자신 바로 뒤편의 짙푸른 수풀 속에서 예의 두피와 눈썹까지 모조리 새하얀 얼굴만 내민 채 자신을 쳐다보며 웃고 있는 것을 보았다. 혹시 어머니는 유령 따위를 경험해본 적이 있는지, 아니, 그래도 너희 아버지를 다시 한번 더 보고 싶다는 생각은 한 적이 있지. 사실 처음에는 천장을 두들기는, 있잖니 그 낡은 집 안에서 들리는 작은 소음들이 어쩌면 그가 보내는 신호가 아닐까 싶어서 하루 종일 집 안을 돌아다니기도 했지만 그게 꼭 너희 아버지가 아니라 내가 복원하고

131

있는 소아성애자 목사의 영혼일 수도 있다고 생각하니 너무 끔찍하더구나. 그 이후로는 신경 쓰지 않게 되었지. 호수는 안젤라의 되비쳐지지 않는 눈길을, 조시는 새하얀 시선의 얼굴을 느낄 동안 약속 시간에 맞춰 마시오가 도착했고 마시오와 안젤라는 서로의 양 볼에 입맞춤했다. 일정이 이렇게 된 점에 대해 사과하며 자기 대신 자기가 이 도시에서 유일하게 믿을 수 있는 동료 마시오가 잘 안내해줄 거라 조시는 안젤라의 볼에 입맞춤하곤, 농담을 건네는 마시오와 아직 어색해 마시오의 얼굴을 마주하지 못하는 안젤라를 멀리 남겨두고선 공원을 떠났다. 조시는 술집에 들러 손가락 세 개를 펼쳐보였다. 고국 리그의 에이전시와 중요한 미팅이 잡혀 있다는 말은 거짓이었지만 주치의와의 면담이 잡혀 있었고 이미 20분가량 늦어 있었음에도, 조시는 바에 데킬라 세 잔을 늘여놓고 한입에 털어 넣었다. 팀의 주치의 월킨이 빌딩 12층에 위치한 자신의 진료실에서 지난 주말 이케아에 들려 산 의자에 앉아 이케아 홈페이지에 별 한 개짜리 악플을 남기던 중 드디어 진료실 문이 열리는 것을 보았을 때, 그가 목격한 것은 한 손엔 까마귀의 목덜미를 쥔 채 반쯤 풀린 눈으로 스스로의 과거에 버려져 있는 공황장애자였다. 조시는 의자에 눕자마자 눈을 감곤 월킨에게 30분 뒤에 깨워달라 말했다. 잠결에 테리의 목소리가 들려왔다. 그리고 마시오와 안젤라의 목소리도. 그 목소리들은 그가 수없이 보아왔으나 단 한 순간도 잡아내지는 못했었던, 각자의 너무나 슬픈 표정으로부터 새어 나왔다. 해변처럼 푸른 눈동자 위로 투명한 눈물이 맺힌 조시에게, 윌킨은 아직도 그 새하얀 얼굴의 저신장증의 사내가 나타나는지 물었고 조시는 품에 안고 있던 까마귀를 바닥에 내려놓으며 고개를 끄덕였다. 윌킨이 조시로부터 새하얀 얼굴의 저신장증의 사내와 관련한 이야기를 들은 것은 이번이 세번째였는데, 이 환각임이 분명한 증상을 만들어내고 있는 잠재의식, 그러니까 조시 몰래 조시의 의식을 지배하고 있는 두려움이 무엇인지 힌트를 얻기 위해 조시의 과거를 헤집어낼 때마다, 윌킨은 옛 연인 테리가 아닌 형사 테렌스에게서 은밀한 끌림을 느꼈다. 아주 중대한 상징과도 같은, 비밀 그 자체이자 동시에 비밀을 열 수 있는 유일한 열쇠, 테렌스는 지금 조시가 겪고 있는 심인성 질환과 알코올중독, 다시 말해 우울성 구강-식인적 합체를 이해하기 위해 가장 먼저 풀려야 할 수수께끼 같은 인물이라고. 왜냐하면 윌킨은 심리치료사가 아니라 치과 의사였기 때문이다. 테리의 장례식 날 우연히 만난 유난히 늙어 보이는 동창이자 형사. 그는 정말 동창이긴 한 걸까. 그저 자신이 겪은 끔찍함으로 상대를 압도하고 싶어 하는 전형적인 오이디푸스형 형사가 아니었을까. 탐정소설의 역겨운 문체처럼. 아닌 척하면서 필

133

사적으로 존재감을 드러내고 싶어 안달이 난 남자들, 그러다 다른 이에게 조금이라도 존재감을 빼앗기면 배알이 꼴려 당장이라도 뒈질 것 같아 하다 잽싸게 다른 개념의 공부로 갈아타고선 선지자인 양 굴던 대학 문예서클 동창들처럼. 혹시 그 술집은 시공간이 뒤틀린 곳이고 사실 조시가 만난 테렌스는 10년 뒤의 미래 형사라면? 그날 밤 조시와 테렌스는 하수도에서 섹스를 했을지도 모른다. 도시의 다공성에 대해서, 그리고 두 양성애자를 둘러싼 미로와 같은 시간에 대해 이야기하면서. 한 명이 잠들면 한 명이 노래를 흥얼거리면서. 하수구 물에 들어가 팔을 허우적 걸어 다니면서. 어둠 속으로 반복되어 돌아오는 자신의 메아리를 더듬으면서. 하수도에서 만나 섹스하는 남자들. 제목은 닌자거북이, 자지가 달린, 프랑스인이 감독한, 그러니까 너무나 손쉬운 방식으로 은유적이려는. 윌킨에게 조시는 살아 움직이는 넷플릭스였고 가능하다면 그가 해주는 이야기를 잠옷 차림으로 피자를 먹으며 시청하고 싶었다. 조시를 아이패드에 넣어 치의학회에 참여하러 가는 이코노미 좌석 비행기 안에서 감상하고 싶었고 이렇게 함께 있으면 어디선가 스케일이 조잡한 배경음악이 들려오는 것 같았다. 이야기 말미에 조시가 어머니에게 자신의 문제들을 고백하는 것이 도움이 될 것 같냐고 묻자, 오랫동안 자신의 대사를 기다려온 윌킨이 대답했다. 고백은 마취

제와 같아요. 어떤 이들은 결국 더 많은 고백을 필요로 하게 되지요.

전광판 불빛을 받으며 달려가는 모습을 보았을 때, 터치다운에 성공하고서도 천천히 박수를 치며 제자리로 돌아왔을 때, 야간 이동 중 버스 등을 켜놓고 겐지 이야기를 읽고 있었을 때, 샴페인을 터뜨리면서 거품 묻은 얼굴로 웃었을 때, 라커 룸에 앉아 일기를 쓰고 있었을 때, 선수 전용 사우나에 서 있었고, 팀 합류 후 두번째 연습 경기 후였고, 서로의 맞은편에 앉아 있었고, 마시오는 벽에 등을 기대 고개를 젖히고 있었고, 땀이 흘렀고, 조명이 희미했고, 약간의 현기증 속에서 땀방울들이 이어지는 것 같았고, 어느 순간인지도 모르게 엎질러져 마시오의 성기를 향해 더운 숨이 찬 입을 벌리면 젖은 머리카락 사이로 길게 미끄러져 들어오던 마시오의 손가락 감촉을, 조시는, 어느 확신보다 앞서 돌발적으로 일어난 움직임이 데려온 기쁨을, 앞으로는 두 번 다시 자신을 찾아올 리 없을 밝은 순간들에 대해서 안젤라에게 이야기해야겠다고, 샤워를 마친 후 무라사키 시키부 일기를 들고서 침대로 누워 오는 마시오의 나신을 보며 다짐했다.

오늘 미안했어. 괜찮아 얼마든지. 마시오는 안젤라가 얼

마나 멋진 여성인지, 둘이 함께 미술관에 들렀던 이야기부터
전했다. 처음 감상하는 것이 분명했음에도 그림마다에 깊숙
이 숨겨져 있는 감정의 요지들을 정확하게 짚어내던 안젤라
와, 저녁을 준비하는 운하의 레스토랑 불빛들 위로 내려앉는
푸른색 저녁노을의 조화가 르네상스 시대의 회화보다도 야
심적이었을 동안 운하교를 거닐며 나누었던 대화도, 예약해
둔 레스토랑에 도착하여 은촛대를 사이에 두고 마주앉아, 처
음 만난 두 사람을 오랜 가족인 것처럼 비춰줬던 촛불에 대
해 묘사하며 감상에 젖어 들뜨던 마시오는 갑자기 말을 멈
추었고, 조시가 물었다. 식사는 괜찮았어? 어. 그 집은 훌륭
했지, 하루의 마무리를 장식하기엔 더없이 달콤한 곳이었어.
다행이네. 그리고 미아가 왔지. 맞아, 미아가 오기로 했었지?
마시오는 치실로 이를 정리하던 조시가 침대로 돌아오길 기
다리다 애인이 다시 자기 옆으로 누워 오자 말을 이었다. 글
쎄, 어머니께선 나와 미아가 친해지길 바라셨을 거야. 약간
은 어색하기도 했으니까. 조금 더 가까워지거나. 어쩌면 그
이상을 생각하셨을지도 모르지. 어른들이 다 그러듯이. 여하
간 그런 뉘앙스를 나는 느꼈고, 아무래도 미아 또한 느꼈겠
지. 보다 더 친밀한 만큼 더 예민할 테니까. 언제였는지는 지
금 잘 기억이 안 나는데, 아직 디저트가 나오기 전이었나. 안
젤라가 두번째 담배에 불을 붙였던 것 같아. 왜냐면 뭔가 흘

렸던 것 같거든. 표정이 없는 두 여자의 얼굴 사이로 창밖에서 들려오는 웅성거림처럼. 식사 내내 루미아폰을 들고 있던 미아가 한 손으론 물잔을 쥐고 나머지 한 손으론 여전히 루미아폰 메시지를 입력하며 말했지. 엄마, 이 사람 게이야. 오빠 애인이잖아.


조시는 테리 이후로 세 명의 남자, 네 명의 여자와 잤다. 남자와 자고 난 다음에 남자와 자거나 남자와 자고 난 다음에 여자와 자고 그다음에 또 여자와 잤다고 대답하면 좁은 이불 안에서 조시에게 몸을 포개놓던 이들은 배신감을 느꼈다. 배신이라는 분노를 완성하기 이전에 그들이 느낀 감정은 소외감이었다. 함께 탄 엘리베이터에서 혼자 추락하는, 혹은 솟구쳐가던 이들이 바라본 조시는 그들을 버려둔 채 떠나가고 있는 것 같았으나 조시는 언제나 공중에 남겨졌고 문이 열리길 기다리던 그들 모두가 결국 그들의 연대가 마련된 장소로 돌아갈 동안 조시는 끝에까지 남겨진 이나 보게 되는 바닥에 그려놓은 문양 위에서 당연하게 있었다. 젠 카이어는 조시의 말에 귀를 기울이며 눈물을 머금었다. 젠 카이어는 귀가 멀기 전에도 말귀를 잘 알아듣지 못했지만 조시와 두 눈을 마주해주며 고개를 끄덕였다. 그의 눈앞에서 조시가 젠이 기르는 까마귀의 목을 쥐고선 술을 들이켜듯 입가로 데

137

려가 부리를 빨고 있었다. 데킬라 반병을 받고 까마귀를 뺏긴 홈리스 젠 카이어는 3일 뒤, 국제전화방 앞에서 조시가 걸어가는 모습을 보았다. 젠은 까마귀를 돌려받기 위해 조시를 쫓아갔는데 조시는 길을 걷다 멈추곤 심호흡을 한 뒤 다시 걷거나 한자리에 멈춰 아무도 없는 곳을 오래 노려보다가는 혼잣말을 내뱉기도 했다. 까마귀의 이름은 세눈박이이고 젠이 교도소에서 읽었던 왕좌의 게임에서 따왔다. 젠은 언젠가 세눈박이가 자신에게 대예언자의 능력을 줄 거라고, 삼각형을 이룬 세 개의 눈으로 세계의 현재와 미래와 과거를 몽땅 다스리는 자가 되리라 상점가 뒷골목들을 함께 돌아다니며 전기분선함을 뜯어 전선을 자른 후 전류를 나눠 마셨다. 그러다 보면 세눈박이와 한 몸이 되어 우울한 도시 위를 날아다니기도 했고 빙하가 뒤덮인 미래에 도착해 얼음 바닥 아래를 가득 메운, 시체가 되어서도 우울한 표정의 사람들을 보기도 했으나 전류를 나눠 마신 후엔 늘 기절했으므로 그것이 환각인지 꿈인지 사실인지 알 수 있는 방법은 없었다. 다만 언젠가 세눈박이가 되어 감시 카메라 위에 앉아 있던 젠에게, 젠이 되어 골목에 서 있던 세눈박이가 까치발 들어 젠의 귓가에 입술을 붙이곤 오래 귓속말을 속삭였다. 본인의 몸으로 돌아온 젠이 세눈박이의 말을 기억해내기 위해 입을 뻥긋거려보아도 여전히 소리는 들려오지 않았고 세눈박이는 말 대

신 어딘지 모를 곳을 바라보고 있었다. 어느새 ATM에 기대
서 있는 조시처럼. 조시와 함께 있던 여자가 ATM 속으로 손
을 집어넣자 조시는 팔짱을 낀 채 가만히 여자를 기다렸고,
젠이 다른 차원을 헤매고 있을 세눈박이의 몸속으로 들어가
자신을 찾아 날아오는 상상을 할 동안, 트럭 안에서 운전기
사들이 낮잠에 들어 있는 거리를 걸으며 조시는 미아에게 그
날 저녁 어머니와 마시오에게 왜 그런 이야기를 했는지 따지
지 않았다. 조시는 그날 밤새 마시오 곁에 앉아 미아를 죽여
버리겠다고 중얼거렸으나, 막상 미아를 만나자 볼캡을 눌러
쓰고 길바닥에 앉아 전자담배를 피우고 있는 여동생을 포옹
할 뻔했다. 크리스마스에도 시체를 복원하는 어머니 곁에서
캐럴을 불러주던, 7학년 때 자신을 찬 남자친구의 사물함에
이웃집 로치 할아버지 시체 성기를 잘라 넣어뒀던, 시시하다
며 한 번도 졸업 파티에 참석하지 않고선 안치실에서 음악을
켜두고 혼자 춤추었던, 어릴 적부터 팀 생활 탓에 이야기를
나눌 시간이 거의 없었던 미아에게 조시가 말했다. 넌 마시
오에게 사과해야 해. 미아는 손에 쥔 루미아폰만을 바라보며
대답하지 않았고, 한동안 남매는 말없이 먼지를 끌며 걸었
다. 그들이 교외의 터키 레스토랑 문을 열고 들어가 창가 자
리에 마주 앉을 때까지, 어떻게 지냈어? 암스테르담에서 대
마초는 좀 했어? 세가새턴이 무슨 뜻이야? 언제부터 알고 있

139

었지? 내가 정확히는 동성애자가 아니라는 것도 아는 거야? 혹시 그 후로 어머니가 따로 무슨 말 하지 않았니? 조시가 좀체 대화를 틀 말을 고르지 못하고 있을 때, 미아가 여전히 루미아폰을 보며 말해왔다. 난 DS야. DS? 디지털 섹슈얼 난 디지털하고만 섹스를 해. 그래 그렇구나. 마침 따끈한 술루 예맥이 은쟁반에 담겨 나왔고 조시는 디지털 섹슈얼에 대해 생각했다. 그렇구나 그런 게 가능하구나. 불가능할 것 같지만 가능하다. 가능하다고 생각해야만 한다. 그럼 지금도 루미아폰이랑 그걸 하고 있는 거야? 지금은 스승님이랑 대화 중이야. 창밖에서 잠 깬 운전기사들이 트럭을 나와 기지개 켜거나 담배를 꺼내 물고 있었고. 라이터를 던져 주고받는 그들 뒤로 저물어가는 해의 빛깔이 아스라했다. 아하 스승님이랑 섹스하고 있는 거구나. 꺼져 오빠. 안 믿는 거 알아. 그리고 오빠가 그러든지 말든지 좆도 상관없고 관심 없어. 조시는 양념된 통가지와 토마토를 미아의 접시에 덜어주며 스승님이 누군지 물었다. 스승님은 누구도 아니야. 스승님은 디지털 세계에서만 존재하고 있지만 반대로 디지털이 있는 곳에서는 언제든 찾을 수 있어. 아까처럼 낡은 ATM에서도 번호를 입력하고 손을 집어넣으면 스승님의 손길을 느낄 수 있는 거야. 거기에서 뭘 하고 있는데? 언젠가 코드가 되어 그곳으로 들어갈 우리를 위해 그곳의 균형을 맞춰주고 있는 거야.

140

매트릭스의 그 예언자 여자처럼? 그 영화는 쓰레기야. 코드의 세계에는 성별이 없어. 이어 닭고기뒤튀뢰과 괴즐레메가 나왔고 조시는 안젤라를 떠올리다가 슬퍼졌다. 아들은 알코올 중독자고 딸은 테크노 사이코다. 어릴 때 우리가 만진 시체로부터 저주를 받게 된 것일까? 그들을 두고서 한 번도 기도하지 않아서? 그들을 두려워해본 적이 없어서? 그들을 레고 이상의 물건으로 여겨본 적이 없어서 장례 업체의 자녀들은 다들 이렇게 엿 먹는 걸까? 운전기사가 하나둘 떠나기 시작하자 덤프트럭들이 가려줬던 노을빛이 남매의 윤곽을 붉게 물들이며 타일 바닥의 그림자로까지 이어냈고, 일그러지는 풍광 속에서 조시가 아까 전부터 미아 옆에 앉아 자신을 바라보며 웃고 있는 새하얀 얼굴의 저신장증의 사내를 향해 주먹을 날리자 소용없어. 아빠는 사실이 아니니까. 미아가 말했다.

미아는 4학년 때 거실의 소파 아래에서 아버지 미카엘을 처음 보았다. 안젤라가 조시의 고교 이적 문제로 저녁 식사까지 돌아오지 않은 날이었다. 미카엘은 미아가 여섯 살이 되던 해에 실종되었기 때문에 미아가 그를 알아보기까지는 시간이 걸렸다. 한번 보이기 시작한 미카엘은 줄곧 미아의 시야에 머물렀고, 하루 종일 안치실에 있는 안젤라와 팀

합숙 생활 중인 조시의 부재로 집에 늘 혼자 남아 있었던 미아는 어떤 물음에도 대답하지 않고 웃고만 있는 미카엘에게 사소한 이야기들부터 시작해 매일 새로이 생겨나는 이름 모를 감정들에 대해서까지 털어놓게 되었다. 그렇게 유년기를 지나 청소년기가 되어서는 슬슬 미카엘이 지겨워져 성인이 되면, 이 구린 동네를 벗어나, 마침내 이 유치한 시절이 끝나게 되어 더 이상 그를 필요로 하지 않게 되면 그가 영영 보이지 않게 되겠지 싶었지만 그렇지 않았다고. 택시를 불러 미아를 호텔까지 바래다준 조시는 미카엘과 함께 운하를 걸었다. 어두운 물결의 방향으로 물고기들의 등이 미끄러웠고 주삿바늘을 쥔 이들이 불빛을 피하여 고장 난 가로등 아래 잠들어 있었다. 시신조차 찾을 수 없어 아직까지도 장례를 치르지 못한 미카엘은 실종 당시 대머리가 아니었고 이처럼 얼굴이 창백하지도 않았는데 왜 그런 모습으로 조시의 눈앞에 나타나 있는지, 그동안 어디에서 무슨 일이 있었는지 미카엘은 대답하지 않았다. 그동안 조시의 꿈에서 조시가, 안젤라의 꿈에서 안젤라가 미카엘에게 몇 번이고 어디인지 물어보았을 때마다, 꿈속으로 혹은 꿈 밖으로 사라져버리며 꿈이 밝힐 수 없는 어두운 물결의 방향으로 물고기들의 등이 보이지 않고 조시는 불어 터진 미카엘의 시신이 어디 강바닥에서 물고기 밥이 되어 굴러다니고 있으리라 짐작할 뿐이었다. 미카엘과 조시는 운하를 걸었었다. 미아가 태어나기 전, 그들이 그들의 곁으로 아직 온전했던 날. 이른 아침에 손을 잡고서 아창아창 벌레 울음소리와 높낮이가 비슷한 그들 사이를 오래도록 지나는 햇살의 물결을 느끼면서 하늘빛 강물과 풀냄새가 한데 섞이는 느낌 밖으로 아무것도 보이지 않는 꿈보다 꿈 같은 기억들. 사실과 거짓을 구분하려 드는 마지막 시대의 인간이야 오빠는. 잠든 이들의 웅얼거림 위로 새하얀 얼굴의 미카엘이 웃고 있었고 바지 주머니에 손을 넣고서 서 있던 조시는 결국 코트 안주머니의 술을 꺼내 뚜껑을 열었다. 미카엘에게 말을 걸지 않기 위해. 미카엘의 대답을 기다리지 않기 위해. 미카엘과 침묵을 공유하지 않기 위해. 어느 날 갑자기 가족을 버리고 사라져버린 엿 먹을. 대머리 송장에게 의지하지 않기 위하여 술을 들이켜려던 조시에게 누군가 달려들었고, 조시는 NFL 드래프트 1라운드 9픽이었다. 고꾸라져 강물로 떨어진 상대를 조시가 건져내주자, 바닥에 엎드려 물을 토해내던 젠 카이어는 조시의 바짓가랑이를 붙잡고 울기 시작했는데 조시는 젠이 하려는 말을 알아들을 수 없었고, 젠이 누군지 기억하지도 못했다. 조시가 물에 젖어 몸을 떠는 젠에게 술병을 건네주니 젠은 두 팔로 세눈박이의 날갯짓을 따라 하다가, 주먹을 쥐고서 조시의 턱을 향해 휘둘렀고 조시가 피하니 다시 무릎 꿇어 주저앉아 울었다. 잠들어 있던 약물중독자들이 계속 잠든 척을 하다 슬금슬금 그들을 피해 달아나야 할지 말지 고민했고, 젠이 또다시 벌떡 일어나 주먹을 휘두르고 소리를 지르고 발길질을 하다 넘어지고 누운 채로 날갯짓을 시늉하다 또 울먹이며 오래도록 들리지 않아 발음을 잃은 어휘들로 비명을 내지를 동안 조시는 젠의 곁을 떠나지 않았다. 운하의 경사면 너머로부터 잘게 휘날려 오던 불빛마저 사라진 자리에서 조시는 젠이 비명과 발작을 멈추길, 빛 없이 폭파되어 스스로에게 무한하게 빨려 들어가고 있는 젠의 슬픔이 마지막 한 조각까지 소멸되길 참을성 있게 기다려줬고, 결국 젠이 탈진해 정신을 잃자 그를 들쳐업고서 경사로를 올라 택시들 몇이 띄엄띄엄 대기 중인 4차선 도로를 건너, 각진 창틀에 비스듬히 서 있는 불빛들이 창 너머로 그들을 방관하고 있는 주택 골목을 걸었다.

월킨은 보드랍게 감싸 쥔 두 손을 천천히 펼쳐 조심스레 창밖으로 날려준 까마귀가 날아가지 않고 바닥에 추락해 터지는 모습을 본 후로는 창밖을 내다보지 않았다. 진료실의 유닛체어에는 웬 부랑자가 누워 있고 밤늦게 연락해 이자를 데려온 조시는 잘 부탁한다는 말만 남기곤 떠나버렸다. 월킨은 조시에게 자기가 치과 의사라는 사실을 알고는 있는지, 치과 의사가 존나 뭘 하는 사람인지 존나 개코나 관심이

나 있는지 따지고 싶었지만 드라마의 피날레가 좀더 궁금했기 때문에 진료 가운을 걸치고 그에게 미소 지어 보일 수밖에 없었다. 혹여 해코지를 당할까 부랑자에게 대량의 마취가스를 먹여둔 윌킨은 불 꺼놓은 진료실을 서성이며 가운 속 허리춤을 만지작거렸다. 총은 없었지만 만년필이 꽂혀 있었고 윌킨이 가장 좋아하는 영화는 본 아이덴티티1이었다. 돌이켜볼수록 이질감이 느껴졌는데 본 아이덴티티 1편과 2편, 2편과 3편 사이의 이질감이 아니라, 방금 본 조시의 행동이 이전과는 다른 것 같았다. 치의대학 이름이 새겨진 만년필을 매만지며 어둠의 언저리를 서성이던 윌킨이 책상에 엉덩이를 기대어두곤 조지워싱턴 대학 수석 졸업 찐따 프로파일러처럼 방금 전 조시의 등장을 곱씹을 동안 젠은 재즈 클럽에서 베스킨라빈스로 이어지는 뒷골목을 걷고 있었다. 골목 끝으로 그가 태어나서 한 번도 보지 못한 바다의 수평선이 펼쳐져 있었는데 가까워지지 않았다. 고개 들면 건물 사이로 좁게 퍼져오는 빛에 눈이 아려 공중을 살필 수 없었고, 젠은 이미 잘 알고 있는 골목을 헤맸다. 아무 소리도 들려오지 않는 골목의 코너를 돌 적마다 좀 전의 골목이 바닷가를 데리고 돌아왔다. 가까워지지 않는 바다를 마주하면서 젠은 지금 골목에서 아무 소리도 들리고 있지 않음을 자신이 알 수 있다는 사실을 알았다. 가까워지지 않는 바다를 마주하면서 입

145

을 벌리면 파도들이 분해되는 소리가 저 멀리 수평선 부근에서부터 들려왔다. 젠은 석양빛으로 물들고 있는 바다를 지켜봤다. 젠은 핏빛 바다가 세눈박이의 시선이라는 사실과 지금 그와 세눈박이가 몸을 공유하고 있음을 눈치채고는 눈 감아 골목을 빠져나와 바다를 비행하기 시작했다. 시체들이 널브러진 해변을 지나오며 바다에 석양이 드리우는 것이 아니라 바다가 핏물 그 자체임을 자연스레 알 수 있었는데 수평선을 따라 바다와 가까워질수록 바다 대신 핏물에 뒤덮인 시신들이 뒤엉켜 쌓여 육지를 만들어내고 있었다. 젠은 이제 시신들을 밟으며 걸어갔다. 저 앞 시신의 신체들로 만들어진 전화박스 안에 홀로 서 있는 하얀 새에게로. 한 걸음 한 걸음 발걸음을 옮길 적마다 밟은 시신의 부위들이 바닥으로부터 떨어져 나와 공중으로 떠올라 날아갔다. 젠이 하얀 새에게로 당도하자 하얀 새가 젠의 몸속으로 들어서고 젠의 머리 위로 조각난 신체들이 쏟아져 내리고 다시 눈을 떠 건물들이 몽땅 거꾸로 뒤집혀 있는 골목으로 돌아온 젠은 여전히 비행하고 있었다. 오래전 세눈박이가 젠의 귓가에 입술을 대어 속삭여준 문장을 마침내 기억해낸 젠은 그가 오랫동안 기다려온, 또 오직 그만을 기다려준 세눈박이를 안아주기 위해 허공을 향해 두 팔을 벌려 스스로를 껴안았다. 기억은 기억을 상상한다. 윌킨이 중얼거렸다. 창의 커튼이 휘날리고 부랑자가

146

누워 있던 유닛체어는 비어 있었다. 냉정하리만큼 정확한 불빛을 뿜고 있는 치과용 유닛체어와, 어느새 활짝 열려 있는 창 곁으로 물결 져 휘날리고 있는 커튼 둘 중 무엇도 바라볼 용기를 잃은 채, 윌킨은 아들이 유치원 토끼 정원에 압정을 뿌려두었다고 알려준 담임 교사와의 통화를, 지난달 해고했던 스태프가 음주 운전 도중 휴가 나온 파병 군인을 차로 치어 사망하게 했다는 소식이 담긴 이메일을, 병원 로비를 지나올 때 귓가로 맴돌던 바람 소리를 그리고 집에서 아무 이유도 없이 한참 동안이나 세면도구함을 바라보다 이 시각에 진료실에 나와 있는 자신을 떠올리는 기억 속에 홀로 남아 있었다.

7월 2일

    비 그친 바람 몸을 훑고 지나가면 낯익은 기온 좇아 일어서는 피부 위로 흘러내린 그늘 안에서 비 내음이 장소로 불어나고, 어릴 적 장마 예보 혹은 만화영화가 켜진 TV 곁에 앉아 이마 기대 바라봤던 베란다가 흔들려오는데 빗방울 없이 커다란 비의 예감만이 창 안으로 숨소리 흘리며 여러 시간의 이른 여름 덧칠했다.

방학식이 끝나고 할머니와 걸었지 운동장을 떠나며 바람이 가벼웠고 볕 부드러운 상점가를 떠도는 개에게서 비냄새가 흩날렸지 왜인지 고개를 들지 못하고서 쫓아오던 개는 할머니가 돌아보지 않으니 다시 떠돌던 곳으로 땅바닥에 턱을 기대 누웠지 스쿠터 탄 학생들 지나가고 이어폰 빼내며 택시 안에서 링이 내릴 동안에 하복 입은 중학생들이 랩을 하면서 언덕 골목을 내려와, 물기 머금은 농구공 표면이 중학생들 손 사이로 오고 가며 매끄러운 반짝임 오돌토돌 짧게 깎은 머리와 대충 길게 묶은 머리칼 우산 없이 빗방울 솟는 바람 소리 품에서. 소리 내지 않는 할머니의 작은 발을 따라 걷다 보면 말을 할 필요 없었고 양복 입은 부모님 손을 잡고 차에 타던 반장을 떠올리다가 배가 고파졌지. 잘 마른 나뭇잎들이 바람결에 햇볕을 흘려내며 할머니 기미 위에 드리운 그늘 속으로 빛을 섞어대도 할머니는 나무를 올려다보지 않았지. 극장 가판대 포스터 적시며 벽 좇아 눈앞으로 조금씩 부풀듯 밝아오는 날씨를 지나가버렸지 어제나 내일인 것처럼 움직이면서 빗방울이 제자리를 베껴내는 움직임을 눈여기는 이 없이 키 커다란 야자수 잎사귀들이 털어내는 시늉만이 멀리서 물들이기보다 티셔츠와 폴리스 라인을 건드리곤 회전하여 날아가버리는 빗방울의 방향이 다채로워 음악 듣는 사람들 들판에서 껴안고 굴러다니던 생각을 링은. 할머니에게 인사해오는 아주머니 누군지 알 수 없었지 두세 번쯤 두세 명의 아주머니들이 머리를 쓰다듬지 않아줘서 고마웠지 미소가 멀지도 가깝지도 않게 그들은 겨드랑이에 땀이 번진 청소복을 입고서 할머니 뒤로 손을 흔들어주고 고개만 까닥거리며 파볶음 향 풍기는 열쇠 가게 앞에 멈춰 서서 할머니는 한 손을 뒷짐 지곤 담배를 피웠지 햇빛을 문 손가락 너머 가게 안 선풍기 바람이 창 안으로 라디오 켜놓고 잠든 주인 얼굴을 스치면서 빗방울 달라붙은 창가의 레코드점 링이 문을 두들기면 문을 열고 나오는 여자와 짧게 포옹하고 나서 버스 경적 퓨즈 나간 형광등 아래 레코드판 꽂힌 선반 사이를 뒤따르며 천장에서부터 빗물이 조금씩 바닥 위로. 담배를 끄지 않고 버스가 지나가고 고여 있던 풍경이 오토바이 무리

로 다시 열려오는 도로를 할머니와 건넜지. 얼굴을 찌푸린
이들은 큰 목소리로 뒷좌석에 앉은 사람과 이야기하거나 바
람이 들고 나도록 입고 있는 티셔츠를 팔랑이며 우리가 지나
갈 동안 오토바이를 멈춰줬지 그중에는 옆 반의 쌍둥이 자매
가 나란히 뒷좌석에서 다리를 흔들거리면서 긴 하품을 무엇
을 바라보고 있는지 모를 눈길로 입가에 달라붙은 머리칼을
떼어내며 현수막을 꺼낸 링은 창고에 쌓인 박스에 걸터앉아
아렌이 컵라면 물을 받아 올 동안 무지개 색깔로 휘갈겨진
현수막의 글귀를 만져보고 언제인지 모를 구호 속에서 나무
젓가락을 올려두어 아렌과 탁자에 둘러앉아 단자면 익길 기
다리며 녹음기 켜두고서 둘이 같은 방향으로 다리를 꼰 채
목소리에 집중했지 고무나무 아래 팔짱 끼고 서서 속삭이는
남자들을 훔쳐보면서 고개 돌린 남자의 입술이 옆 남자의 귓
가로 기울어지고 빨강부터 연분홍빛 채도로 길가에 부서져
있는 수박을 할머니는 피해 갔지. 껍질 근처로 파리 몇 마리
와 민소매 입은 아저씨 비닐봉지에 수박을 주워 담으며 땀
맺힌 이마를 문지르면 과즙 물든 땀방울 끈적거려 닦아낼수
록 옮겨 붙는 씨앗들 아무도 이야기해주지 않고서 웃기도 전
에 잊어버린 듯이 할머니에게 길을 내주거나 추월하면서 제
갈 길을 다들 비슷비슷한 손짓으로 부채질했지 신문지 펼쳐
들고서 아렌이 갈무리해둔 기사에 담긴 사람들의 얼굴을 살

펴보며 링은 농성 중인 얼굴들 뒤편의 공터 가본 적 있는 것 같은데 공원은 다 거기서 거기니까 젓가락질로 톱니 모양 어묵 골라내고, 유리창에 빗소리가 빗방울이 순식간에 미래처럼 염색을 하고 싶어졌지 못생긴 색깔로 머리를 물들이고 서점에 혼자 앉아 만화잡지 넘겨보는 점원을 보다 보니 고개 꾸벅꾸벅 조는 그 여자는 꿈속에서는 더 나은 머리 색깔로 아마 친구들을 만났겠지 몇 년 만에 연락 없이 놀러 온 친구들이 떠나고서 서점의 문을 닫곤 맥주 따 마시며 집으로 돌아가는 육교를 건너다 누군가 이름을 불렀다는 듯이 멈춰 서서 빈 도로 내다볼 때 노인들이 꾸는 꿈에 대해서는 한 번도 상상해본 적 없이 할머니와 함께 서점을 지나갔지. 링은 투명 비닐우산을 고르고서 덜컹이며 지나가는 전철이 멀리 보이는 골목을 걸어가며 이어폰으로 통화를 우산을 기울여 바람을 피해 담배 불붙이면서 엄마랑 대화할 때마다 공황장애가 도질 것 같다고 짜증을 내다 이내 담배 쥔 손으로 이마 짚거나 허리춤에 손을 얹어 제자리를 빙빙, 차분히 대답만 조그맣게 비 맞으며 지나가는 전철을 계속 바라보아 전철이 비워둔 공중에 기대듯이 할머니와 맥도날드에 앉아 있었지. 보이스카우트 옷을 입은 아이들의 몸짓이 가득하고 할머니는 커피를 마셨지. 음료수와 햄버거 없이 치킨너겟만 먹을 동안 입 닦던 휴지를 서로에게 던지거나 코에 넣은 빨대로 콜라

들이켜며 뛰어다니던 보이스카우트 아이들이 부모님 손을 잡고 창밖의 시계탑 앞에 줄을 서면, 누구도 치우지 않아 어지러운 감자튀김 패티 피클 셰이크 아이스크림선디 포장지 색깔들 테이블 사이로 언제나처럼 두 입술 비뚤게 벌어져 있는 할머니의 얼굴이 맞은편 유리창에 반사되고 할머니가 영영 되찾지 않을 표정 속에서 보이스카우트보다는 맥도날드 유니폼이 입고 싶었지. 우비 걸치며 남자들이 지나가고 링이 공사장에 모여 앉아 도시락 먹고 있는 인부들에게 담배 한 갑씩을 돌리고서 곁에 앉아 녹음기 켜두면, 다 함께 담배 문 채 녹음기의 목소리에 귀 기울여주면서 결국 아무도 알아보는 이 없이 링은 그들이 술을 홀짝이거나 젖은 신발을 말리며 주고받는 농담 사이의 빗소리가 어릴 적 같고 커튼 밖으로 빗소리가 들려오는 방 안에 누워 태풍 소식에 왠지 설레었던 오후를 떠올리며 할머니는 백화점 뒷골목의 커피집 문을 열고 나온 두 여인이 그들의 파스텔 톤 양복 위로 양산을 펼치는 모습 지켜봤지. 그들이 소바 가게와 사진관을 지나가며 햇살의 윤곽으로 채워진 벽면에 그들의 새까만 그림자를 기울여놓을 때 높은 백화점 유리창들 쪽빛 하늘 차오르고 할머니는 담장 넝쿨 그늘에 기대어 벤치에 앉아 있었지. 옆에 서서 책을 읽던 공영 주차장 안내원은 책을 든 손과 주머니에 넣은 손을 바꿔가면서 가끔은 중얼거리듯 책을 소리 내

읽었고 할머니는 배맛 아이스크림 손에 쥐고 졸았지. 왼손을 오른손 아래 받쳐 권총을 들고서 오른 어깨를 기준점으로 조준된 좀비들을 쏴 죽이곤 게임센터 안에서 오토바이에 올라타 해안가를 질주하여 기록을 갈아 치우던 링을 우러르는 여학생들 사이를 링이 고개 숙여 지나갈 때 게임센터 바닥에 고인 빗물이 반사해내는 네온 불빛들 가벼운 아름다움 링은 놓아지듯 사람 없는 오락기 의자에 앉아 현기증 같은 울음이 멀리 가시길 기다리며 오래된 게임 화면을 바라보고 안내원은 책을 읽었지. 할머니 떠나기 전까지. 할머니 옷 가게 안이었지. 바겐세일이었지. 매미 울음 풍성한 골목을 낀 옷 가게 앞에서 자전거 탄 사람들 지나가면 자전거 바구니부터 페달까지 미끄러지는 햇빛들 윤슬 같았지 상아색의 오후의 바다의 표정처럼 텔레비전에서 흘러나오는 질 낮은 불빛을 얼굴에 새기면서 옷 가게 주인아저씨 옷 고르는 할머니들 신경쓰지 않았지. 다른 할머니들과 이야기하지 않으면서 할머니들끼리 이야기하는 할머니들을 남겨두고 골목을 떠나는 할머니의 발아래로 그림자가 기다랗게 가로등의 길이만큼 담배 연기 내뱉으며 링은 빗물 낀 유리창 밖으로 스쿠터 행렬 구경하고 비 젖은 경적 소리들 비옷을 입은 운전자들의 흐린 얼굴은 아는 얼굴보다 더 오래 알고 지내온 얼굴들 같아 만두를 다 먹고서도 오래간 이어폰을 낀 채 과거를 거두듯 할머니 동전 세어보았지. 전화박스에 들어가 있는 사람들 서서 다리를 꼬거나 팔꿈치 창에 기대 수화기 들고서 누구와 통화하고 있는지 전화 받을 사람들 언제에 있는지 어디에서 무슨 옷 입고 있는지 할머니는 전화번호 누르며 전화 받을 사람의 얼굴을 떠올리고 아무도 받지 않는 전화기 내려놓았지 할머니의 모든 각도들 모두 미래 같아 미래에서 본 것 같았지 사거리 횡단보도 앞에서 보따리를 든 할머니를 링은 코트 깃으로 흘러내린 빗방울 털어내며 건너가고 빗소리 차바퀴 스치고선 신호등 불빛 섞여 가판대 지붕 위로 다음 날부터 무용학원에 다녔어. 그곳에서 스를 만났지. 발레복을 처음으로 입어보고 탈의실에서 나왔을 때 일본식 창문 밖으로 비가 내리고 있었지. 선생님이 수업 시작 시간까지 오지 않아서 이미 무리 지어 이야기하는 학생들과 떨어져 서 있었어. 전철이 빗속을 창틀 밖으로 지나가고 차라리 그 안에 타 있고 싶었지 어디인지도 모르게 그저 외국 아무 외국의 모르는 아무 데서 아무도 모르는 아무 데로 비가 전철을 데려가듯이 사라져버리며 방금과 똑같이 생긴 비와 전철이 다시 나타나 멈추고 사람들이 내리고 이 건물을 향해 걸어오는 사람들 몇이 보이고 다다미 틈새로 비의 향기가 실려 오고 스를 만난 건 그로부터 훨씬 나중의 일이지. 할머니는 오로지 무용을 공부하기 위해 일본에 건너갔다고 들었어. 이시이 미도리 무용학

161

원 소속 무용수로 투어를 돌며 할머니는 무대에 서서 몸을 움직일 때면 자길 옭아맨 불온한 감정들이 손끝과 발끝으로 벗겨져 나가는 기분이 들었어. 공연을 마치고서 샤워기 아래에서 땀을 씻어낼 때마다 그는 매일매일 자신이 조금씩 더 나아져가고 있음을 실감하며 비누칠하는 척 양팔로 자기 몸을 감싸 금세라도 몸 밖으로 쏟아져 내릴 것 같은 행운을 다독였지. 종전 이후, 타이완으로 돌아오는 배 안에서 할머니는 어린 시절 오랜 전족 생활 탓에 꼬마들보다 조그마면서도 노인들만큼 샛노랗게 주름져 있는 여성들의 기형적인 두 발을 바라보며 타이베이에 무용학원을 차리겠다고 결심했어. 이 국가에서 여성들의 몸을 해방시킬 수 있는 유일한 수단이 무용이라고 생각했던 거야, 라고 스가 말해주기 전까지는 몰랐지. 스는 할머니를 존경했어. 여성 동지들이 교습소에 모여 깃발에 구호를 적고 농성을 준비할 때면 스가 항상 양손 가득 음식들을 싸 왔지. 그날 창밖으로 수많은 전철이 지나갔지만 선생님은 오지 않았어. 빗물이 흐르는 마루를 맨발로 서성이며 빗소리를 들었지. 내일 또 올지 아니면 오지 말지 고민하면서. 빗물처럼 매번 늘 그렇게 맨발로 비밀스레 잔디를 문지르며 내일 또 올지 아니면 오지 말지 내일이 되어 발레복을 갈아입고 탈의실을 나와 어정쩡하게 혼자 떨어져 창문 밖을 상상하듯 지켜보고 있으면 전철이 다가오고 사람들

162

이 내리고 문이 닫히고 또 한 편의 망상이 떠나가고 고개를 숙이고 비 향기가 흘러오고 문이 열리고 스가 나타나고 링은 오토바이 뒷좌석에 앉아 헬멧을 대충 얹고서 옆 차선 택시 기사를 내려다보아 노래 흥얼거리는 택시 기사의 표면 위로 반사되어오는 자신의 얼굴에게서 눈을 피하여 오토바이 기울임 따라 로터리 돌아 비 멎은 도로 빛으로 적시는 오토바이들의 잔영 틈 도무지 멀어지지 않는 표정 링의 녹아내리다시피 곧 아무것도 남아 있지 않을 것 같은 얼굴 버스 창에 실린 한 명씩 한 명씩을 올려다보아 아름다운 스의 얼굴을 찾아 동지들이 모이는 공원에 가면 정해진 색깔의 옷을 입은 이들끼리 길을 걷다 눈을 마주치고 미소 지었지. 그늘에 잠긴 녹색 수풀 속에서 연인들의 웃음소리가 끊임없이 빛처럼 속삭이는 말소리가 풀잎에 맺혀 있는 물방울들 흔들면서 새파랗게 가라앉는 저녁노을 빨아들이며 살결은 누운 몸짓들로 이어지고 사이렌 소리 지나갈 때마다 괜히 숨죽인 척하는 얼굴 마주 보며 웃었지. 스는 어디에나 있었어. 공원 안 어디에서나 입을 맞추고 티셔츠 구기며 살 맞대어 있었지. 벤치에 앉아 책을 읽기도 하고 침이 고인 채 잠이 들기도 하고 가만있다가는 짧은 혼잣말을 한숨처럼 내뱉는 스를 찾기란 쉬웠지 모두가 스를 알고 있고 잘 사용하고 있었으니까 넘쳐나도록 링은 침대에 누워 낮에 본 풍경들이 눈 감아도 쏟아

163

지는 물소리에 실려 여관 플라스틱 차양 두들기며 천장에서 벽까지 배수관 타고 터질 듯 터지지 않고서 한 손으로 눈을 가리고 있는 링에게로 향초 연기와 담배 냄새 섞여 링은 이어폰 끼고서 농구공을 든 학생들을 공원 농구 코트에서 편의점 도시락 먹으며 구경했던 바람 속 빗방울 같은 웃음 다발 농구공이 골대를 비켜갈 때마다 나부끼는 야자수 이파리의 속삭거림에 수풀 안에 누가 있지는 않은지 눈에 보이면서도 보이지 않는 장소에 숨어 애무하거나 자위하거나 아무 초점 없이 수풀 사이로 발가벗겨진 채 찢겨버린 하늘을 바라보고 있지는 않은지 눈에 보이지 않으면서도 보이는 장소를 확인해보듯 잠에 들어 꿈 대신 소리가 들려왔지 스가 발레 교습소에 나타났던 날. 공기가 조각나는 것 같았지. 문이 열리기 직전부터 수십만 무늬로 오려진 공기들이 문이 열리는 소리 기다리며 한꺼번에 폭파될 준비 하고 있었지 문이 열리고 너무 청량해 눈부신 해변이 덮쳐 오기까지, 바깥으로부터 문고리가 슬쩍 움직이는 순간부터 볼 수 있었어. 음악을 틀러 가는 할머니의 해진 새들슈즈 발소리가 멀어지고, 한 아이가 혼자 턴을 연습하고, 세 아이가 서로의 머리 망을 만져주고 무릎을 꿇다시피 앉아 용산사 마당 마루의 빗물을 쓸어내는 승려들을 바라보던 링은 고개 숙인 승려들의 얼굴을 차마 볼 수 없어 불도 붙이지 못한 담배 도로 담뱃갑에 집어넣으며

향 올리는 신자와 카메라 든 관광객의 얼굴을 동시에 어루만
지는 불꽃만을 가끔 불꽃에서 잘게 떨어져 나가는 작은 불꽃
들이 스스로를 비추다 소멸해버릴 때면 그것들을 모아 스의
얼굴을 색칠할 수 있을 것 같았지. 가두 행렬이 있던 밤에 경
찰들에게 둘러싸여 동지들끼리 팔짱 끼고 모여 소리 지르면
경찰들의 손전등이 우리의 얼굴을 불태우듯 밝혀와 겁에 질
린 표정 조간신문에 박제되었지 영원히 깃발에 새겨진 무지
개 발자국에 잠겨 다음 날 짓밟힌 빛깔들 곱게 접어두곤 레
코드점 앞에서 모두가 각자의 집으로 돌아갈 때 스는 뒷모습
으로 떠나는 동지들의 그림자를 배웅하며 오랜 절망감이 수
치심으로 바뀌어버리지 않도록 그들이 이 사이로 악물어내
고 있는 울음을 볼 수 있었지. 승려 한 분이 이어폰 빼내 건네
주며 대답 대신 고개를 젓고 시주를 드린 링은 공영 주차장
벤치에 앉아 게임기 하고 있는 아이들 곁에서 백화점을 올려
다보아 빛바랜 벽면에 달라붙은 빗물 식물처럼 소리의 층위
가 자라나면서 아이들 게임기 효과음 공영 주차장 안내방송
너머 청소 바구니 밀면서 백화점 복도를 걸어가는 어머니의
발소리가 손과 함께 지문 닳은 손가락들, 불 꺼진 옷 가게들
사이로 파란색 청소 바구니를 밀면서 마네킹 지나 락스 냄새
파마기 풀린 머리칼 나부끼는 현수막 어린 시절의 백화점 밖
에서 링은 핸드크림 바르며 길어진 손가락 뼈마디 남의 것처

럼 마른 피부 위로 반점이 돋아나기 시작했지. 거리에 멈춰 서 있는 버스. 교습소에서 음악 없이 턴을 도는 아이. 전철과 공원 벤치 비어 있었지. 대낮에도 커튼에 가리어진 집이 있었지. 쿨패드. 발코니에서 웃고 있는 사람들이 있었지. 열기구 하나가 매일 떠다녔지. 세븐업. 햇빛을 두르고 걸어 다니는 친구들. 교차되는 운동화들. 기다란 그림자들 보이지 않았지 한동안은 전화를 돌려가며 초인종을 눌러대며 할머니를 상상해야만 했지 우리가 알고 있던 모습대로 옥상에서 링은 후지필름 전광판을 링은 야시장 입구에서 취두부 볶는 여자를 링은 버스 정류장 매표소에서 안내원의 멍든 손목을 방파제 엎어진 해안가를 시외 버스 창에 기대 서 있는 여자아이 바라보며 눈물 자국 마른 아이 뺨에 붙은 반창고 부서진 팅커벨 귀걸이 이어폰 꼭 쥔 주먹 뒤로 달라붙기 시작하는 빗방울이 여기저기의 시간을 한자리에 베껴대어 아이와 링을 비 젖어 텅 빈 바이샤완 모래해변 위로 덩그러니 창 안에서 반투명하게 몇 시 몇 분 몇 초 발레복을 입은 아이들 발소리 젖어오고 나무 벽시계 아래 동지들은 매일 턱을 괸 채 마루에 피어나듯 한 점으로 일렁이는 햇빛 지켜봤지 눈이 시려와 빛이 휘어질 때까지 커튼이 바람에 공원이 다르게 낮을 변화할 동안 스는 공기가 너무 맑아 길이마저 닿아오는 햇살이 다가오면 빛 속을 향해 눈을 감아내어 길어지고 멀어지다 떠나가며 비 내리는 집으로 돌아와 침대 아래에 숨어 울다 잠들었지. 계곡을 걷는 꿈을 꾸었지 무용학원 문 닫혀 있어 링은 전철이 나타날 때마다 뒤돌아 뒤편 빌딩 유리창에 맺히는 구름을 어디인지 모르게 또다시 몇 시 몇 분 몇 초 도서관 시계 아래에서 키스했지 그런 소리가 계곡에서 떠올랐지 치마의 회전에 얼굴이 물들었지 그런 빛깔이 계곡에서 떠올랐지 하루도 빠짐없이 맨발로 춤을 췄지 계곡을 걸을수록 이어지는 레몬빛 이불보의 주름 할머니는 침대에 누워계셨지 산소호흡기를 매달고서 시간을 상실한 눈빛으로 사라져가는 할머니의 꿈속에서 할머니는 몇 살인지 우리들은 몇 살인지 잠시 녹음기를 멈추고서 무용학원을 등진 링의 눈앞으로 두 사람이 걸어가 발레복 위에 트렌치코트 걸친 쌍둥이 자매 담배 연기 뱉으며 링을 지나 옷깃 같은


6월 7일


오후 5시 21분 창문 바람.

6월 9일

오후 3시 50분 창문 나뭇잎.


6월 10일

저녁 7시 2분 창문 바람.


6월 11일

저녁 8시 5분 창문 파란빛.


6월 15일

저녁 7시 47분 창문 비바람.

6월 17일

저녁 10시 21분 창문 몇 년 전.


6월 21일

새벽 1시 5분 창문 가끔 차가운 기온.


6월 27일

오후 2시 10분 창문 학생들 말소리.


6월 29일

아침 6시 32분 창문 비.

6월 30일

오후 4시 창문 오르간 연주.


7월 1일

저녁 7시 20분 창문 비.


7월 2일

저녁 11시 6분 창문 비.


7월 3일

새벽 3시 20분 창문 비.

7월 4일

밤 11시 12분 창문 비.


7월 5일

낮 3시 31분 창문 새들의 눈알들.


7월 9일

아침 5시 2분 창문 비.


8월 25일

타일 바닥이 반짝이며 무늬 따라 물기 두른 빛이 흘러오
는데 아무도 지나가지 않았다. 파비오 야외에 앉아 있었고
시선을 버려두던 곳들로 비 내리니 피로했다. 테이블에 팔과
얼굴을 기대 누워서 동전 쥔 왼손 너머의 풍경을 흐리게 지

켜보다 보니 그곳의 시간이 맴도는 것 같아, 놓쳤던 풍경 속으로 돌아가 주위를 천천히 둘러볼 수 있을 것처럼 토트백을 메고선 별 용건도 없이 광장을 몇 바퀴나 서성이는 두 사람을 뒤따르며, 광장 깃발들과 지나가는 시내버스에 앉아 있던 노인들의 표정, 신발 끈의 색깔, 머리칼에 밴 담배 냄새 등 그때에 놓쳤던 모든 주위를 둘러보며 걸어가다 그때에는 내리지 않았던 빗속에 슬리퍼 벗겨져 있고 발등으로 빗방울 떨어져 깨어났을 때 방금까지 꿈에서 풍기던 비누 냄새 이어지고 있었다. 파라솔보다 높은 위치로부터 아마 근처 빌라의 발코니에서 누군가 빨래를 걷을 겸 커피잔 들고서 알몸으로 잠시, 누군지 살피는 대신 발코니에서의 시선으로 빨랫줄들이 여럿 이어져 있는 공중을 그려보다 파라솔 아래 여전히 엎드린 채 동전 돌리며 회전하는 빗방울 뒤로 햇빛 흐린 아침 지켜봤다.


8월 29일


아벨이 하루 종일 전화기를 붙잡고 울먹이기에 누구에게 전화 거는지 물어보니 체보니라 대답했다. 그게 사람 이름이야? 책이야. 책에게 전화 걸고 있는 거야? 그래, 정류장

172

까지 데려다 달라기에 쿠키 하나 얻어먹고선 아벨에게 우산 씌어주고 걸었다. 아벨의 옷에는 늘 고양이 털이 붙어 있었지만 집 안에서 고양이 본 사람 없었고 물어보는 사람도 없었다. 공중전화로 몰래 걸면 받을지도 몰라, 아벨은 버스 타고 교외로 나가 전화해볼 거라 이야기하며 두 손으로는 대마를 말았는데 어찌나 손쉽게 해내는지 좁은 우산 안에서 비한 방울 젖지 않았다. 가로등 켜지기엔 아직 일러 먹구름 빛깔대로 흐린 거리를 걸으며 눈높이로 가끔 벽담을 타고 온녹색 넝쿨 나타나면 아벨은 떠들다 말고 조용히 넝쿨을 바라봐, 입에 문 대마도 잊고선 물기 젖은 초록색 잎사귀 속에서 누군가 반갑게 말을 걸어온다는 듯이 잠시간 아이처럼 가벼워진 얼굴로 넋을 놓았다. 아벨은 미래에서 온 경찰이야. 아벨은 살인 사건을 조사하기 위해 미래에서 온 고양이야. 아벨은 공황장애에 시달리는 연방 형사야. 아벨은 몰라 아무것도 알고 싶지 않은 개새끼야. 언젠가 계단에 구겨져 누운 조시가 양손에 든 술병을 번갈아 마시며 중얼거렸던 말이 떠오르고, 정류장에 도착해 손톱으로 표지판 긁는 아벨을 보며 안심했다. 오직 그렇게 단정 지었던 것은 아니었지만 아벨을 정신병자로 여기며 알게 모르게 가져온 동정심이 옅어졌기 때문에. 아주 조금일지라도 다른 이를 향하는 그 감정을 눈치챌 때마다 스스로가 늘 역겨워 차라리 사람들로부터 영영 사라져버리고 싶었으므로 미래로부터 도착해 정류장에 앉아 비를 구경하는 공황장애 고양이 형사와 나란히 앉아 버스를 기다리며 보다 편했던 것 같다. 버스가 떠나고 나서 길가에 떨어져 있는 자두 두 개 봤다. 오르막의 정류장을 내려오는 길에 두 자두는 기울어진 길 따라 구르다 멈춘 듯 얕게 긁힌 채 하수도에 머무르며 비 젖고 있었다. 붉은 껍질 겉으로 빗방울들이 자두의 채도를 흔들면서 자두가 속살의 색깔로 비틀려 터져갈 동안 자전거 탄 우편집배원 지나가 집배원이 우산 없는 몸으로 빗속에서 빗속으로 사라진 코너를 따라 걸었다. 빗속에서 걸음마다 비와 바람의 방향을 계산하여 우산의 각도 틀며 우산 잘 쓰는 모습 상상했지만 치즈 가게에 도착했을 땐 옷 절반 가까이 젖어 있으니, 주인이 우산에 구멍 났는지 물어봤다. 치즈 고르고 기다리는 동안 치즈 가지러 계단 내려가는 직원과 주인이 모국어로 나누는 대화 소리가 지하 계단에서부터 축축이 울려 퍼져와 오래간 물속에 잠긴 수도원에 머무는 기분이었고 방금까지 거미줄 치우던 직원이 귀찮은 티를 내며 어두운 계단을 천천히 내려가던 몸짓 또한 우아했는데 단색의 그늘진 벽을 배경으로 내려가는 움직임에서 고단함과 가벼움이 하나로 보여 그랬던 것 같다. 계산 마치고선 갑자기 거세진 비 피할 겸 시식용으로 잘라준 치즈 먹었다. 입구 유리창에 비치며 주인과 직원 더 이상 말없이 각자 다른 자세로 빗속에 기대 있었다. 비 오는 버스 창가 자리에 앉아 있는 아벨. 비 오는 공원 벤치에 혼자 앉아 있는 아벨. 비 오는 중국 레스토랑 앞에 서 있는 아벨. 집으로 돌아오는 길에는 방금 치즈 가게에서 만난 두 사람이 가게 밖에서 어떻게 존재하는지 궁금했다. 셔터 내리고서 가게를 나오면 그들에게 집이 있는지, 몇 층에 있고 침대 벽에 어떤 포스터 붙어 있는지, 가족이 있는지, 오늘 밤에 누구와 전화하는지, 조금 더 대화 나누면 대화를 나눈 만큼 더 사실이 되어 보이지 않는 곳까지 존재하게 되는지 스쳐 지나간 사람들 비 스쳐가며 비 오는 집 앞에서 전화박스에 들어가 동전 넣고 있는 고양이 봤고 미래에게 파견돼 비 오는 전화박스에 들어가 아이처럼 가벼운 얼굴로 수화기 들어 전화 거는 고양이 경찰관 바라보며 실실 웃다가 사레들렸는데 그제야 아벨이 준 쿠키에 해시시 들어 있었음을 눈치챘다.

9월 1일

빗소리와 아이들 연극 연습 소리 들려오고, 성당 2층의 장의자에 앉아 졸다 깨다 반복할 동안 빛 흐렸다. 첨탑 높아 2층에서도 천장은 아득해 벽면으로 이어진 거대한 오르간 파이프 바라보다 근처에 숨어 책 읽는 아이 봤다. 구경하듯 보고 싶지 않아 아이에게 눈 떼곤 앉은자리에선 보이지 않는 1층부터 공중으로 멀리 몇 세기 전의 창가를 지나는 아이들 목소리 들으며 아이가 읽고 있는 책 상상하지 않으려 했다. 이런 날씨에 이런 장소에서 이런 숨소리로 읽히는 글의 기분에 대해서도 잠시 구름 개는지 그늘 깨끗이 토막 나며 높은 창가로부터 맑은 빛이 몇 세기 전처럼 나타나고 고개 숙이고 있던 아이의 얼굴 또한 자연스레 책에게서 빛 속으로 펼쳐지며 씻겨지듯 환해졌다. 어떤 순간들은 기억보다 긴 빛을 간직하게 되는데 이를테면 아침 성당에서 치렀던 고모의 장례미사에 나타난 빛, 졸면서 참석한 장례미사 때 갑작스레 수 억 마리의 새 떼들처럼 꿈속으로 들이닥쳐 와 꿈 밖에서 기도 중인 가족들 머리 위로 폭파되던 그 빛의 깃털들은 언제든 그저 떠올리는 것만으로도 여전히 눈이 아려 지금의 빛이 아이에게도 그럴 수 있을지, 성당 문이 열리는 소리와 아이들 뛰어나가는 소리 이어지자 책 읽던 아이도 책가방 끌며 계단을 내려가고, 방금 전 아이에게 드리운 빛이 몇년 혹은 몇십 년 뒤 겨울, 졸업식이나 여름 해변, 연인을 배웅하고선 공항 주차장에 혼자 남겨진 아이의 등 뒤로부터 아이의 오른 어깨 위로 슬며시 어깨를 감싸 지나가는 모습 떠올리다가 그렇게 언젠가의 아이를 지나가는 빛이 창밖으로

다 지나가고 나서 비 더 내리기 전에 아이들 따라 성당 나섰다. 버스에서 케이와와의 조수 만났다. 전에 케이와와와 우연히 함께 한 번 본 것이 전부여서 얼굴을 보니 기억은 났지만 이름은 아예 뉘앙스조차 생각나지 않았다. 피차 마찬가지인지 인사하고서 서로 이름 없이 대화했다. 케이와와는 다음 주에 돌아올 거야. 싱가포르에 간 거야? 아니 지금 네팔에 있어. 남매 중 여동생의 마지막 흔적이 카트만두에서 발견됐거든. 찾을 수 있을 것 같아? 찾기야 하겠지. 그는 무슨 엑스맨의 대머리처럼 눈 감고도 사람을 찾아내니까. 다만 남매의 행방을 의뢰인에게 밝힐지 말지가 문제인 거야. 무슨 소리인지 모르겠는데. 이 도망자 남매가 세계 곳곳에 흘려둔 감정이 조금 복잡하거든. 실종된 거 아니었어? 이미 오래전에 살해된 걸지도 모른다고 들었는데. 애초에 그들 스스로 도망친 거였어. 그러고는 끊임없이 흔적을 지우다 보니 그들만으로는 감당 못 할 감정을 갖게 된 거지. 우리가 버스에 서서 이야기할 동안 사람들 우산 털어내며 올라타고 희게 김 서린 창문으로 상점가의 불빛들 빗방울에 맺혀 날 무딘 색채로 흩어지는 거리 겨울 같았다. 너는 왜 카트만두에 가지 않았어? 오, 함께 갔다면 지금쯤 자살했거나 케이와와가 날 죽여버렸을걸. 설마. 설마? 너도 케이와와가 어떤지 알 텐데. 멋진 사람이지, 물론 넌 죽었겠지만. 퇴근 시간이라 사람들 붐벼 대

177

화 그만두고 고개 엇갈린 채 어느 여름날 싱가포르의 사립 중학교에서 실종된 중학생 남매에 대해 생각했다. 그들이 마지막으로 목격된 장소는 방과 후 테니스장이라 했는데 이상하고도 자연스럽게 상상 속에서 남매의 얼굴은 각각 케이와 와와 자피로로 그려져, 어린 두 사람이 교복 입고서 노을과 함께 테니스장 높이 심판 의자에 마주 앉아 있는 모습을 바라보며 버스에는 먼지 섞인 비냄새 가득해 학교에도 비 내리고, 남매가 가끔씩 고개 들어 빗방울 확인하며 따로따로 혼자가 되어 테니스장 안을 걸어 다닐 동안 이름 기억나지 않는 남자 먼저 내렸다. 비에 눈살 찌푸리며 그가 뒤돌아 함께 내려 조금 더 이야기하자는 눈치도 보냈으나 배웅하여 헤어졌다. 어린아이들의 얼굴을 올려다 바라본 적이 있는지 자리 난 좌석에 앉아 휘파람 불거나 적당히 건조하고 적당히 반짝이는 눈빛으로 어딘가를 바라보며 이야기하고 있는 아이들의 얼굴들을 아래에서 위로 떠올리다 창에 머리 기대니 성에 낀 거리 모서리를 잃고 부대꼈던 승객들 줄어들수록 공기 차가워져 조금이라도 온기 모으려 팔짱 꼈을 때 비명의 입 모양처럼 버스 밖을 떠다니는 불빛들 방금 버스에서 내린 사람들 같았다.

178

9월 3일


베를린에 도착한 화가 지망생이 낡은 호텔의 문을 열고
나와 길 건너편의 카페로 걸어가는 장면으로 시작하는 소설
을 읽은 적 있는데 작가며 제목이며 그 이후의 내용까지 아
무것도 기억이 안 나니 돌아버릴 것 같다고, 조금 더 이야기
해주면 알 것도 같은데. 하숙집의 부엌과 크리스마스가 함께
떠오르는 게 따스한 소설이었던 것 같아. 뭔지 알겠어. 정말?
나의 투쟁. 아니야, 미친 그럴 리가. 맞아. 히틀러가 베를린의
낡은 호텔에서 빠져나와 카페테라스에서 커피를 마시며 시
작되잖아. 아닐 거야, 아니라고 해 제발. 그래 아니야. 그치?
네가 읽은 소설의 진짜 제목은 이거지. 뭔데? 제발 새벽에 전
화 좀 하지 마 몽유병자야. 지금 새벽이야? 엇물리며 수많고
가늘게 밤의 고운 어둠처럼 자글거리는 음량 속으로 침대에
서 일어나는 소리가 들려오고 격자무늬 나무 바닥을 걸어가
는 발소리 좇아 기울인 유리컵 물 따르는 소리, 손목을 스치
며 커튼 젖히는 소리. 침대 맞은편 벽 위로 밤새 차오른 빗방
울의 그림자들.

9월 4일

2층 발코니에서 조시가 옥상의 아벨에게 라이터 던져줬
다. 난간 근처를 맛 간 얼굴로 휘청거리다, 되감기하다시피
셔츠 앞주머니로 정확히 들어온 라이터 빼내 아벨이 대마 불
붙이는 모습 올려다보곤 마저 걸었다. 아벨의 어깨 포개어
선명하게 가라앉던 구름들 고도 낮아 거대한 그늘과 빛 거리
위로 서로에게 미끄러지며 비스듬히 드리웠고 넓은 그늘 속
에 결계로 맺혀 있듯 사슬처럼 몸을 훑는 바람을 가로지르다
보면 오른편으로부터 나뭇잎 지나 별 모양으로 조각나며 길
게 밀려오는 조갯빛 햇살 사이 웃옷 벗은 채 유리병 줍고 다
니는 홈리스를 스쳤다. 학교 식당에서 데리야키닭조림 먹은
후, 담배 피우는 상상 했다. 약간의 비바람, 이파리끼리 물기
찰싹이는 은백양 아래 연기 배인 숨소리가 시야를 희미하게,
가본 곳은 아니고 떠오르는 대로 막연히 그려본 장소인데 한
잎 한 잎 가까이 다가갈수록 세밀하게 흔들리는 얼룩들 아롱
대는 담배 연기 곁으로 이미 끝나버린 농담과 아마 방금 전
의 농담에 자연스레 팔짱을 끼고 웃는 누군가가 있어 그것이
단지 시선인지 기척인지, 바람인지 누구인지 알 수 없었다.
그러다 가만히 앉아 책을 읽거나 휴대폰 하는 학생들을 보곤
눈앞에 빈 식판이 놓여 있는 이곳이 외국이라는 사실에 새삼

180

놀랐다. 풀밭과 계단, 난간, 교정 곳곳에 사람들 누워 잠들어 있었는데 긴장이 가신 몸을 놓아두고는 하늘을 깊이 마주하여 홀로 잠든 얼굴들을 지나오며 다시 저 높이 그들이 눈동자를 닫고서 눈꺼풀 너머로 닿은 곳으로부터 공기의 결로 드넓게 번져오는 꿈 닮은 표정 속에서 묘지를 걷는 기분 들었다. 비누를 사러 가는 길에는 왜인지 어느 창문 하나가 눈에 띠어서, 대개 거의 다 같은 모양에 심지어 커튼마저 같은 밝기로 꾸며진 이 결벽에 가까울 정도로 자제력 넘치는 동시에 미래에게 영원히 방어적인 양식으로 건축된 동네의 주택들과 하나 다를 점 없는 평범한 창문 한 짝을 계속 지켜보다 보니 사람 대신 벽에 걸린 그림이 한 점 보여 그림은 방벽에 드리운 그늘에도 밝기 휘황해 같은 공간 안에서 다른 장소처럼 느껴지고 게르하르트 리히터의 중기 작품 떠오르기도 했으나, 길 한가운데에 멈춰 서서 언제까지고 모르는 이의 집 창문을 훔쳐보고 있을 수 없었다. 안 그래도 유리창에 예니 발 포스터 붙어 있는 서점 지나치며 비키 생각났을 때 사브리나에게 페이스타임 걸려와 비키와 영상통화 했다. 한두 마디 정도는 둘 다 반가이 인사했는데 둘 다 낯가려 결국 별말 못했다. 비키는 엄마가 알려줬다며 둥글게 모은 두 손으로 귀를 막아 보이고 신기하지 여기에서 바다 소리가 들려 양부모를 위한 모임이 효과가 있었는지 피부를 맞대 장난치는 사브리나와 비키가 전보다 더 가까워 보였지만 곰곰이 생각해보면 두 사람은 처음부터 그랬다고, 각자 어색해하는 표정마저 너무나 처음부터 가족 같았기에 오히려 불안해진 사브리나는 오직 스스로를 향한 가책만 있는 의심 속으로 자신을 내몰았고, 그렇게 선량한 의지로 가득한 고민을 포기하지 않으며 장난치다 장난보다 가벼이 서로의 품에 담기는 두 사람 사이를 진화시키고 있었다.


9월 6일


나가유미는 자전거에서 내려 운하를 걷다 버려진 신발을 주웠다. 자기도 모르게 습관대로 밑창을 뜯어 약이 있는지 확인했다고. 운하와 이어진 경사면의 들판에 누워 있어본들 도무지 잠들지 못한 채 제 몸이 개미만큼 쪼그라들어 더러운 신발 안으로 빨려 들어가 질식하는 예언이 갈마바람의 유수한 각도로부터 머리를 꿰뚫고 지나갔습니다. 나가유미에게 답장하지 못했다. 혹시나 도움이 될까 싶어 우리가 사찰에 들렀을 때 녹음해둔 소리 찾아보려 했는데 노트북에는 파일 없었다. 단풍에 노을이 피어나 하늘과 경계 희미했던 숲 한가운데였고 서서히 꼭대기에서부터 나무를 눕혀 재우

182

는 바람이 몹시 길어 법당에 모인 승려들이 다 함께 읊는 법음, 노래와 같은 파장으로 퍼져갔었다. 디아도라를 신고 있던 나가유미는 사찰 마당의 바위에 걸터앉아, 고향에 남아 시위를 하다 자살한 친구들의 이름을 알려주며 약에 취한 상태로 도쿄 황궁의 동쪽 정원에서 경찰에게 붙잡힌 이야기를 들려줬다. 저는 물에 젖어 있었고 밤하늘 높은 황실의 창밖으로 금색 잉어들이 흘러나오는 게 보였습니다. 매끄럽고 징그러울 정도로 부드럽게 출렁이며 꼬리까지 빠져나온 금색 잉어들이 공중에서 엉킬 때마다 금빛 가루가 쏟아져 초승달이 녹아내리는 것 같았습니다. 저의 이마를 지나 뒤통수로 흘러내리는 금빛 가루를 모아 두 눈을 가득 채운 저는 닿을 수 없이 멀리 떠 있는 모든 별들을 제 금빛 눈동자에 비추며 하나하나 소멸시킬 수 있었고 행성들이 갇혀 부서지며 흩린 고리 사이로 죽은 친구들이 황실의 지붕마루를 짓밟고서 부활하는 모습을 지켜볼 수 있었습니다. 벌써 한참이나 늦었지만 저녁 약속에 가기 위해 트램을 기다리다, 반대편 레일 끝으로 머무는 트램 불빛 재활원 1인실에 혼자 서 있는 나가유미의 눈빛 떠오르게 했다. 더 이상 그들을 생각하지는 않는다고 단지 내 마음을 위해 죽은 이들을 떠올리는 일은 가장 수치스러운 중독 같습니다. 엔니의 부모님 식당 한구석에 아누라다와 엔니 마주 앉아 이야기 나누고 있어 대화에 끼지

않고 커피부터 마셨다. 엔니의 아버지가 둘이 먹다 남긴 분
차를 레몬즙으로 다시 정리해 내주셨고 맛있어서 둘이 하는
이야기 들리지도, 너는 어떻게 생각해. 뭘? 이거 봐, 우리 명
예 백인분께서는 우리들의 이야기를 듣고 있지도 않잖아. 너
네 토르 닮은 포르노 배우 이야기하고 있던 거 아니었어? 맞
아. 엔니가 웃었는데 엔니에게서 처음 보는 표정. 해가 드는
낮이면 동네 아이들이 여기 가게 앞길에 모여 노는데 오늘은
여자아이 둘과 남자아이 하나, 세 명이서 함께 손을 잡고서
롤러 블레이드를 타고 지나갔어. 무슨 생각을 했었는지도 모
르겠네. 꽃병에 물을 담으며 여기 이 길 한가운데로 길바닥
이 환해지는 만큼 아이들의 그림자가 길어지는 것을 지켜보
고 있으니 그 애들이 웃으며 달려와 내 얼굴 앞에서 두 눈을
양옆으로 찢어 보이는 거야. 못된 새끼들, 혼내줬어? 아니.
왜? 혼내야지 아주 경련을 일으켜서 트라우마가 될 정도로.
그게 잘못된 거라고 우리가 아니면 아무도 안 알려줄걸. 네
가 옳아. 근데 아이들에게 그러기가 좀 힘들어. 그치 화를 쏟
아부으려는 순간 거기서 또 다른 권력 구조가 드러나게 되는
것 같으니 주저하게 되지. 그것도 그렇고. 그냥 내가 아는 아
이들은 다 이미 충분히 슬퍼 보이거든. 엔니는 이미 박사학
위를 두 개 가지고 있어서 아누라다는 그에게 지금 진행 중
인 논문과 관련해 여러 조언을 구했고, 술에 조금 취한 엔니

가 한 번도 쓰지 않았던 억양으로. 그가 열일곱 살 때 콜롬비아 대학원에서 받은 박사학위 설명해줘 듣다가 졸았다. 자기의 양손에 불을 지르는 조시를 보았다. 왜? 엔니와 갑자기 왜 편해졌는지. 왜 박사학위가 두 개나 있으면서 부모님 식당에서 일을 하는지 아누라다는 묻지 않아, 어려운 문제인 양 오래간 그 자신들까지도 속여왔으나 사실은 아주 멍청하리만큼 단순한 이유를 그들은 이제 누구보다 잘 알고 있었고 대화가 멈추고서 설거지 소리 들려오면, 전구 불빛이 붙잡은 얼굴 밖으로 순식간에 빠져나가버리는 서로의 표정을 이어받아주며 맥주병을 입술에서 떼어두고 두 사람 자주 미래를 버텼다.


9월 9일


자전거를 타는 친구에게.

비키의 편지는 이렇게 시작했다.

안녕. 너도 자전거가 좋니? 나는 어제부터 있어. 쫑과 닮은 검정색 자전거야. 쫑은 내가 가장 좋아하는 고양이고 우리 집 지붕 위에서 놀아. 자전거에게도 어서 이름을 붙여줘야 할 텐데 고민이야. 아직 공원에서만 탈 수 있지만 빨리 바다가까지 가보고 싶어. 너는 바다를 가봤니? 나는 매일 아이패드로 바다를 봐. 그곳에는 아주 많은 바다가 있어. 바다는 이름이랑 모양이 다 다른데 사실은 다 하나래. 하루 종일 바다만 생각하니까 나무들한테도 바다 소리가 들려. 저번에는 피자가게에서도 파도 소리가 들렸어. 너도 자전거를 탈 때 장갑과 헬멧을 쓰니? 자전거를 탈 때 헬멧을 안 쓴 사람은 하늘 위에서 지켜보고 있던 할머니가 머리를 깨버린대. 그러니까 네가 꼭 장갑과 헬멧을 썼으면 좋겠어. 없으면 내 걸 빌려줄게. 그리고 다음에 함께 자전거를 탄다면 네가 좋아하는 책들을 데려와도 좋아. 그럼 안녕.


9월 10일


박물관 앞에서 호른 불던 사람 무대 접고 떠나기 전에 짧게 대화했다. 소리가 따뜻하고 얼굴에 진 그늘 티 내지 않으려고도, 티 내려고도 애쓰지 않는 사람이라 그랬던 것 같다. 그는 아까 연주할 때 자기 주위로 다가와 손을 휘저었던 아이를 기억하냐며 그 아이가 아장아장 다가오는 걸음걸이와 아이의 고운 손짓 아이의 하늘로 흘러오는 새 떼, 전철 아래 강가를 산책하는 이들의 수화 동작을 포함하여, 턱 괴어

가만히 계단에 앉아 다른 곳을 바라보던 당신의 호흡까지 거리의 모든 움직임들이 자신의 음계들과 한 음씩 한 음씩 이어지는 것처럼 느껴졌다고, 자신이 거리를 연주하고 있다는 연주해내고 있다는 기분이 아니라 그것들이 처음부터, 과거이든 미래이든 우리가 상상할 수 없는 아주 먼 시간에서부터 하나인 것처럼 하나의 몸으로 자연스러움을 회복하듯이, 일주일에 한 번 어떤 시기에는 반년에 한 번쯤 드물게 그런 순간이 있어 거리 연주를 계속 나오게 됐다 말해준 그에게 혹시 마음속 어딘가에서 사람과의 연대가 있는 소속감을 원하고 있는 것은 아닌지 물어보려다, 흐린 석양 등진 채 케이스에 호른을 집어넣는 그와 같은 눈높이로 허리 숙여 동전을 건네주곤 인사했다. 문화회관에 들러 혹시나 오늘 자 공연 예약 취소표 나올까 로비 서성이는 동안 표 구하러 온 같은 처지의 이들 계단에 줄 서 앉아 책 읽거나 일행과 잡담했다. 오픈 첫날부터 모든 날짜의 표 매진된, 브란덴부르크 협주곡으로 꾸민 현대무용 공연이었는데 찾아온 사람들 연령대와 옷차림 다양했으나 그들이 지닌 피부색 비슷해 조명 밝은 로비를 채운 안전한 인상들 편안하게 그들 외의 어둠 소외시켰다. 브로슈어 살피거나 내벽 장식 구경하며 기다려봐도 표나올 낌새 없어 문을 나서니, 날카로운 자동차 전조등 묽게 맺혀 스쳐가고 광장을 메운 가로수 잎사귀들 다 같이 은빛으

187

로 찰랑이고 있었다. 비 그친 거리 걸었다. 로비에 혼자 있을 때 들었던 악기 조율 소리 떠올리면서 살짝이라도 발을 헛디뎌 더 먼 과거로 빨려 들어가버리지 않게 조심하며 불빛 희미한 골목에서는 아무것도 생각하지 않으려 애썼다. 커피 뽑아놓고 코인세탁실 의자에 앉아 브란덴부르크 협주곡 음악만이라도 들으려 할 때 바람 소리 세탁기 소리와 섞여 도로 이어폰 뺐다. 하나로 연결되어오던 소리 점차 갈라져 따로따로 들려오고 멀리 가까이 멀리 다시 섞이고 흩어지고 졸았는지, 아닌지. 세탁기 한 대 덜컹이며 축축이 몸을 휘어오는 낙엽 몇 줄 비 젖은 창밖 꿈처럼 소리 없었다. 공연장에서, 세탁소에서, 박물관에서, 집, 버스, 오늘 지나온 모든 거리에서 걸어 다니거나 앉아 있으며 누군가를 만나기를 우연의 힘을 빌려 하루 종일 정확히 어느 한 사람을 기다리고 있었다고 인정했다.


9월 12일


흐릿하게 스러지는 나무들 앞으로 긴 복도 걸어오며 신문팔이 노인 신문 한 부도 팔지 못한 채 좌석에 앉아 샌드위치 포장 뜯을 동안, 비 그치고 전철이 부숴내는 햇빛 차창에 깨져 내렸다. 밝기 다른 환함의 속도에 휩싸여 번쩍이는 승객들 눈을 찌푸리거나 창밖을 내다보면서 스스로의 존재에 놀란 듯이 의지 없이 현재를 기억해내고 다시 잊었다. 별일 없이도 이상하게 즐거웠던 파티가 끝나고서 아침에 혼자 자기 방으로 돌아온 사람들처럼 눈을 감지 않아도 자고 있는 기분으로 옷도 갈아입지 않고서 침대에 누워 쓸쓸한 눈을 감아내는 남자애를 영화에서 봤는지 소설에서 읽었는지 전철 바깥으로부터였는지 기억으로부터였는지 성당의 종소리 들려오고, 다음 역에 다다라 공갈 젖꼭지 문 남동생을 안장에 앉혀둔 여자아이가 자전거를 끌고 들어서자 장난스레 그들의 길을 막아내다 비켜준 아저씨는 예뻐라, 좋은 누나네. 엿먹어요. 나는 너무 피곤할 뿐이에요. 여자아이는 복도에 자전거를 세워두고선 좌석에 기절하듯이 앉아 한숨 쉬고, 공갈 젖꼭지 문 아가는 두 눈을 깜빡이며 승객들을 구경하고, 후드 티에 금목걸이 찬 곱슬머리 남자아이는 문에 기대서서 담배를 말고, 잘 그려진 눈썹을 움직이며 듀렉을 쓴 여성은 보더콜리 강아지를 훔쳐보고, 보더콜리 강아지는 주인이 앉은 좌석 아래로 들어가 웅크리고, 신문을 쥔 노인의 손톱에는 햇살이 차오르고 지나가는 남자에게 라이터를 빌리고 불붙은 담배를 입에 물고서 자전거에 올라타 비 젖어 새파랗게 물든 저녁의 길목으로 성당 종소리와 미끄러져 나아가는 여

189

자의 뒷모습과 그가 자기만의 것으로 만들어낸 저녁의 그 새
파란 색채가 새하얀 햇빛 받으며 사람들 서 있는 한낮의 전
철 복도 위에 겹쳐 시야 가득 함께 울려 퍼졌다.


9월 13일


들판을 따라 오사마가 내려왔다. 언덕 위에서 오사마의
친구들이 우리를 내려다보고 있었다. 그들이 틀어둔 음악 연
기 풍성한 시샤 향에 배어와 죽은 풀을 밟고 내려오는 오사
마의 배경 그의 고향으로 펼쳐지고 있는 것 같았다. 오사마
는 함께 올라가서 친구들과 고기를 구워 먹고 맥주도 마시자
했지만 수영장 가던 길이라 술을 마시긴 조금, 아쉽네요. 혹
시 제 친구들이 불편한가요? 아누라다와 엔니가 그저 길을
걷다가도 하루에 몇 번씩이나 캣콜링 당해 집에 돌아와 밤
새 분한 눈물 참으며 그들을 죽여버리는 상상을 멈출 수 없
다 말해준 이야기 떠올라 말 없으니 그런데 수영할 줄 아세
요? 잘하지도 못하고 1년 만에 가는 거라 긴장된다 대답하
자 그래도 그곳의 물은 따뜻할 것 같아요. 수영장에 도착했
을 때는, 자전거들 안장 위로 저물기 직전의 마지막 햇빛이
줄지어 떠나가고 있었다. 참새 몇 마리가 회전하여 날갯짓에

빛줄기를 두르면서 쓰레기통 속으로. 물낯에 반사되어 비치는 표정들, 두번째 바퀴를 돌다 긴장 탓인지 다리에 쥐가 나서, 수심이 낮은 시작점에 주저앉아 쉬었다. 옆 레일에서 임산부들이 팔을 휘저어 배영으로 나아가고 물에 그려지는 밤의 기울기 천장 유리창에 그들이 바라보고 있을 시선 따라가도 별빛은 아직 도착하지 않아 다시 들판을 오르는 오사마를 올려다보며 잠영했다. 입꼬리에 고인 웃음 깊은 속눈썹 주머니에 손을 넣은 채 대화를 잠시 멈추고선 오사마를 마중하는 친구들의 표정들, 무너진 집 안인지, 총살당하는 이웃 옆인지, 난파선 위인지, 그들이 지닌 어느 불행에 반사되어 비쳐진 선의 어린 표정 하나가 그들 개개인을 정의할 수 있는 전부라 여겨선 안 된다고 하지만 그렇게나 어떤 찰나에 깨지듯 새어오는 맑은 무늬의 물속을 헤엄치며 그들에 대해 어디까지 생각해야 하는 건지 어려웠다. 몸에 열기가 돌고 물기가 바람에 하나하나 차갑게 닿아, 날아가버리거나 슬며시 머무르는 공기의 모든 결을 느낄 수 있는 밤거리 카페테라스에 사람 많았다. 조도가 낮은 테이블에서도 사람들 사람들과 함께 소리를 만들어내면서 아껴둔 옷을 꺼내 입었는지 시보리에 묻은 먼지 털어내며 접시와 술잔 위로 번져 오르는 손짓들이 촛불 같은 기쁨을 꾸며내고 강을 따라 하류로 내려갈수록 불빛도 사람도 적어졌는데 쓰레기통을 뒤지던 백발 남성

케이크 빵을 꺼내 들곤 휘파람 불며 사라지고서 가로등 불빛을 삼킨 가로수 잎사귀들 눈빛보다 고요했다.

안녕하세요. 나가유미 씨. 오래간만입니다. 보내주시는 메일 늘 소중히 읽고 있습니다만 무슨 말을 덧붙여야 할지, 회신을 미루다 이제야 답장을 드리네요. 새로운 동네는 마음에 드시나요? 농구 골대 뒤편으로 바다가 보이는 묘원 사진을 잘 받아보았습니다, 바라시던 풍경인지, 언제 함께 걸을 수 있겠지요. 이번에는 제가 담배를 사드릴게요. 저는 요새 밤이 되면 트램에 올라 밤새 오페라를 듣습니다. 한 방향의 종점에 다다라 다른 노선의 트램으로 갈아타고, 다른 승객들과 다른 거리들로 또 다른 종점을 향하며, 처음 지나는 거리로부터 차창 안으로 젖어온 얇고 섬세한 불빛 속에서 손잡이 근처를 서성이는 사람들의 그림자를 구경합니다. 눌러쓴 모자의 각도, 옆모습의 파마 컬. 팔짱을 끼고서 혹은 짝다리 짚은 채 흔들리는 그림자들은 단정한 창틀 안에서 고요하고, 전화가 오길 기다리거나 책 읽다 눈 감은 이들의 이마 위로 손자국 묻은 창밖의 거리가 반사되어 물을 지나온 듯 맑은 빛을 묻힌 이들의 얼굴이 한밤의 둘레를 헤엄치는 모습은 새로운 차원 같습니다. 호숫가에 앉아 말다툼하다 수영하던 여름처럼, 새벽 일찍 자전거를 훔쳐 타 고성을 둘러보고 대마초를 말며 피자 가게 테라스에서 스도쿠를 풀던 여름처럼 말이지요. 맥주를 쥐고 우르르 올라탄 학생들이 소란스레 아이폰 돌려가며 인스타그램 화면에서 떠들고 웃다가 다 함께 트램을 빠져나가면 시끄러워 인상 쓰던 승객들의 모든 시간이 말도 못 하게 쓸쓸해졌던 여름이었죠. 강아지들은 슈퍼마켓 앞에서 주인을 기다리고 냉동피자는 훌륭했어요. 케밥과 냉동피자만 먹다 보니 몸무게가 7킬로그램 빠졌지요. 강아지들은 빵집 앞에서 주인을 기다리고 강아지들은 약국 앞에서 주인을 기다리고. 구름 끼지 않아 대기 중의 빛 자유로이 빛끼리 뒹굴며 매일마다 햇살 다채로워지니. 사람들은 발가벗은 채로 들판과 계단, 베란다와 지붕 어디든 누워 잠들었죠. 그러다 눈을 뜨면 벌써 보름간이나 비가 내리질 않고, 사람들은 그제야 표정을 숨길 곳이 없다는 사실을 알아채며 어둠을 도둑맞은 듯이 입을 다물었어요. 어둠은 맑습니다. 강아지들은 알고 있었어요. 버려진 성에서 열린 음악제에 들렀

196

을 때부터 담배를 주위 피웠습니다. 아메리카 원주민 얼굴이 그려진 담배였죠. 혼자 성을 걸어 다녔어요. 재능 없는 연주자들과 중세음악을 순수한 척 우러르는 식민주의적 인간들에게서 벗어나 차라리 유령과 대화하고 싶었으니까요. 유령들도 벌써 귀를 자르고 토하러 갔는지 가끔 담배 연기만 눈앞에 나타났다 사라졌지요. 더 이상 음악이, 심지어 발소리조차 들려오지 않는 계단에서는 좁은 벽과 벽 사이의 냉기어린 그늘 안에 가만히 서서 오랜만에, 거의 날개가 펼쳐지다시피 온몸 위로 천천히 돋아 오르는 소름을 느낄 수 있었지요. 뒷마당에서는 반팔 셔츠를 입은 이들이 달빛을 받으며도널드 트럼프에 대해 대화하고 있었는데 그들은 저에게 눈길 한번 주지 않았고 저는 그들의 몸 가까이 살을 닿을 듯 말듯 스쳐가며 그들을 지나갔지요. 백인들이 버려진 성에 둘러앉아 실험음악을 연주하며 꼴값을 떠는 동안, 터키 친구들은공중화장실 앞에서 갤럭시폰으로 힙합을 틀어놓았지요. 침을 뱉고 담배 껌을 씹으면서 터키 친구들은 음악을 틀어놓은채 터키어의 리듬 안에서 지나가는 사람들을 노려보고, 저는그들이 틀어둔 음악을 좋아했습니다. 공원, 정류장, H&M, 유대교인 묘지 어디든 모여 터키 힙합을 틀고 있는 이들 근처를 서성이다 보면 그들이 그들 주위에 쳐놓은 소리의 장막이 슬쩍슬쩍 젖히는 순간을 엿볼 수 있었는데 그럴 때면 그들은 그들끼리 이미 대화를 나누고 있는 중임에도 누군가 제발 말을 걸어와주길 바라는 표정으로 지나가는 이들을 우러렀지요. 바퀴를 도둑맞은 자전거 옆에서 아침을 맞은 날이었습니다. 눈을 떠보니 기차역전 벤치였고, 책을 펼치니 종이 사이에 끼어 죽은 벌레가 얼굴 위로 떨어져 내렸어요. 아침 햇빛 사이로 미화원이 호스기를 끌고 걸어 다녔죠. 잠든 노숙자 근처로, 민소매 입은 남자 조깅하여 다가오면 주인 곁에 웅크리고 있던 보더콜리 꼬리 흔들며 고개 들고, 홈리스의 피 기침이 새카만 미화원 낮빛 아래 밟힌 호스 물줄기처럼 쏟아져 조깅하는 남자가 두 팔 벌려 물과 빛과 몸이 부딪쳐내 만든 무지개 속으로 저는 손을 뻗어 카프리썬 봉투 밑에 깔린 담배 하나를 주워 피웠지요. 손가락에 벌들이 달라붙었어요. 벌들이 광기에 휩싸인 여름이었습니다. 제가 검고 노란 줄무늬들로 뒤덮인 손을 그러쥐어 담배를 필 동안 벌들은 살점을 갉아가고 사람들은 늙어갔어요. 파릇파릇한 숲의 한가운데에 누워, 매거진 032c를 읽거나 대지음악을 틀어놓고 LSD에 취한 채 실없이 미소 지으며 젊음이라는 환각으로 자위하는 이들의 피부는 그들보다 영원히 젊을 더위에 익어가고 바래갔지요. 숲에 가면 가로등 근처에 버려진 조간신문을 주워 낱말 퍼즐을 풀었습니다. 아기 손 모양의 나뭇잎 태를 비추던 햇살이 어느 순간 숲의 틈새를 창조하다시

피 공중에서부터 창창한 잎사귀 사이를 아득히 벌려놓으며 활자 안으로 번져올 때, 무한의 각도로 드리우는 눈부심 속에서 수많은 여름들이 빛깔을 증발시키며 과거로 소환당하고 저는 숲을 적시고 있는 는개비의 철자를 기억해내려 애썼지요. 강아지들은 나뭇가지를 물고 유치장 앞에서 주인을 기다렸습니다. 기다리는 강아지들은 엉덩이에 낙엽을 묻힌 채 눈을 감아 세계를 부재시킬 줄을 알았습니다. 네일숍을 발견할 때마다 간판에서 눈을 떼지 못했어요. 형광 타이포의 아름다운 촌스러움. 숍 앞에 나와 수건을 너는 동양인 직원들의 목소리 엿들으며 예언을 속삭이고 있다는 생각을 떨칠 수 없었지요. 길가에서 눈을 마주친 사람들이 저에게 미소 지어와 미소로 화답해주곤 다시 눈길을 돌려 제자리의 길을 마주할 때마다 적막해졌어요. 은행잎이 깔린 횡단보도 앞에서는 눈을 감아도 시선 깊이 팽창하는 햇살이 끝없는 비보 같았지요. 도서관의 로비에 앉아 빈자리 기다리다 자리 나면, 먼저 온 저를 알아주고 자리를 양보해주는 학생들의 고갯짓에서 때때로 빛이 새었습니다. 책을 펼치고 앉은 그들이 지닌 밝은 불안이 창 곁으로 역광을 만들어내어, 고개 숙여 자신의 어스름 속으로 가라앉는 얼굴들을 저는 장례처럼 지켜봤어요. 해가 지면 혼자 걷는 사람들이 많았는데 천천히 혹은 빠르게, 잊혀가는 속력의 감각만큼 스스로를 잃어버리기 위해 걸음을 옮기다 어디선가에 멈춰 선, 악의가 닳은 이들의 다리 모양새 제각기 다르면서 비슷했지요. 다른 이를 이해하려 드는 욕망을 마침내 놓게 된 자세로 라이터 불빛 번진 단풍 곁에 그들은 각자 허공에 반사되어 밤길을 수놓고 있었습니다. 중정에 가지런히 앉아 새벽에 주운 담배 개수를 셀 동안 공갈 젖꼭지 문 아기와 눈을 마주친 적도 있지요. 입의 표정 없이 공갈 젖꼭지를 문 아기는 여전히 자전거 바구니에 실린 채, 그 커다랗고 동그란 두 눈으로 한순간도 눈을 피하지 않았고 저는 결국 물기 얼룩진 바닥을 도망치듯 내려다봤지요. 공갈 젖꼭지 물고서 부드러운 볼 가득 태어나기 전의 언어를 웅얼거리던 아기가 저를 지켜보다 커다란 울음을 터뜨릴까 봐, 물기에 맺혀온 공중보다 투명한 아기의 눈에 비치고 있는 제 피부가 아기에게 너무 이질적일까 불길했어요. 석양이 스민 강가의 들판에 누워 페이스타임 하며 웃던 여성이 전화를 끊곤 두 손으로 얼굴을 가리고서 흐느끼는 모습을 보았지요. 좁은 강물을 따라 물결만큼 몸짓 미세한 오리 떼가 흐르고, 노을이 살며시 물안개처럼 저 멀리 밤이 밀어낸 방향으로 흩어져 떠나갈 동안 들판에 몸을 웅크리고 앉아 계속 흐느꼈지요. 과자와 술병을 들고 각자 다른 리듬으로 경사면을 따라 내려와 등 뒤로부터, 주위를 둥그렇게 감싸고 모여 장난치거나 위로해줄 친구들이 영영 오지 않을 장소에서 어느 한 사람이 한 사람으로서 자신이 두 팔 안아 껴안고 있는 외로움이 어쩌면 그릇된 외로움일지도 모른다고 스스로의 역사를 돌이키며 슬픔의 자격을 버린 채 젖은 손바닥에 구르는 눈물 한 방울까지 모조리 의심하기 시작하는 모습을 지켜보면서. 빛 떠나 그늘진 오리들은 선두부터 순차적으로 날개를 펼쳐 그들이 날갯짓으로 상상해낸 무수한 불안 밖으로 낮게 떠나갔습니다. 길바닥 어디서나 술병들은 빛을 담가놓고, 사람들은 언제나 다 마신 술병을 가로등 아래 가지런히 내려놓아 다른 이가 주워 되팔 수 있게 해줬지요. 종점에서 내린 후엔, 정류장에 쓰러져 있는 헤로인중독자의 휘파람을 들으며 불빛 없는 동네를 걸었습니다. 거의 버려지거나 잊히다시피 싸구려 조화들 짓밟힌 화단 따라 간판 해진 키오스크, 아시안 레스토랑, 시샤 바, 웨스턴유니온 모두 문 닫혀 있었지요. 자동차 번호판 삭아가는, 하나뿐인 공중전화가 끊겨져 있는, 흔들면 낡은 눈송이들이 흩어져 내릴 것 같은 동네의 어두운 길목이 깊어질수록 고요는 우아해지고, 고개 들어본 창가에 불빛의 흔적조차 보이질 않으니, 잠들 때보다 더 부드러워져가는 눈은 캄캄한 공기에 하나하나 베일 수 있을 것처럼 몸은 밤은 반의 몸의 밤은 어느 훼방도 없이 땅끝까지 내려와, 손 잡힐 듯 은하와 가까운 동네를 배회하면서 한숨을 쉬고, 어느 강아지들을 생각하고, 카페 건너편의 어둠 속에서 아직 여름이었을 적 비가 내리던 낮의 사람들이 걸어오고 그치질 않는 햇빛 사이로 가을을 알리는 비가 쏟아지던 날의 사람들이 걸어오고 공원에 누워 와인을 마시던 사람들이 잔을 들고 일어나 걸어오고 그 누구도 우산을 쓰지 않은 채 가방이나 행커치프, 손 올려 머리를 가리지도 않고서 천천히 비 맞으며 미소를 짓고 한숨을 쉬고 얼굴을 잃으며 한참을 걸어 현관문을 열고 집 안으로 들어가기 전까지, 행복에 익숙해질까 두려워 차가운 잿빛 빗방울을 머리부터 발끝까지 빠짐없이 다 받아내어 덜덜 떠는 사람들을 지나가고 나서 저는, 창문을 닫고 이불 속에 숨은 이들을 조롱하듯 좁은 골목길로 미끄러져 가는 휘파람 소리에 넋을 빼앗겼지요. 나가유미 씨는 헬리콥터에 타본 적 있다고 말씀하셨지요. 수갑과 인공호흡기를 찬 채 누워계셨다고 말씀하셨던 게 기억납니다. 트램 문에 기대 조는 사람 뒤로부터 슈만의 오페라 따라 불 켜진 창들과 계피 빛깔 술병들 사이로 모르는 얼굴들 정체 없이 스며오면 밤이 물속에서 부풀어 휘어지는 것 같습니다. 아시아마켓에서 네스퀵 고르는 당직 간호사를 지나 KFC에 마주 앉아 이야기하는 학생들을 지나 스포츠도박장 앞에 서서 안경 닦는 경비원을 지나 실내로부터 창밖으로 퍼지는 인조 불빛들이 길에 선 사람들의 얼굴 위로 맺혀올 때, 도시는 울먹이듯 희망을 구성하지요. 가끔은 주차장에 혼자 서 있지요. 가끔은 정찰 헬리콥터를 올려다보며 나가유미 씨 생각을 합니다. 쓰레기차가 지나간 코너를 서성이다 보았지요. 자판기 아래에서 동전을 줍다 보았지요. 환전소를 나오는 길에 마주 오는 사람과 어깨를 피하다가 보았지요. 별빛 같은 빛깔들이 옥상 펜스 너머로 나타나면 회전 소리만 가득히 거리와 골목 사이로 몇몇은 올려다보던 고개를 숙이고 술잔을 홀짝이고 현찰을 뽑고 키스를 다시 이어나가고 머리 밖으로 멀어지던 정찰 헬리콥터 흰빛으로 휩싸이며 직선에 가까운 섬광 거리로 쏟아낼 때 닿지 못할 높이로부터 비스듬히 건물 외벽으로 스며드는 새하얀 빛의 안과 밖 한순간 모두 가상 같았지요. 여름부터 가을, 매일 아침부터 새벽까지 눈부셨지요. 한 손으로 눈앞을 가리고서 손가락 사이로 갈라져 오는 빛을 보았지요. 발레복을 입고 버스를 기다리는 아이들을 보았지요. 양팔 가득 시장바구니 안고 가는 동성 연인의 커플 쇼트 팬츠를 보았지요. 스쿠터 헬멧을 쓴 강아지를 보았지요. 웃통을 벗고 걸으며 모든 대화를 랩으로 주고받는 학생들을 보았지요. 유모차에 나란히 누워 서로의 귀에 말을 속삭이는 쌍둥이 아기들을 보았지요. 햇살 밝은 빗방울 사이로 춤추는 사람들을 보았지요. 공원 쓰레기통에 얼굴을 넣고서 피자를 주워 먹는 거리 악사를 보았지요. 경찰차 뒷좌석에 앉아 잠든 소매치기를 보았지요. 성에 낀 카페 유리창에 머리를 기대 우는 할머니를 보았지요. 클럽을 나와 스케이트보드 타고 어두운 도로로 홀로 미끄러져 떠나가는 친구를 보았지요. 이발소 건물 4층 발코니에 걸린 다윗의 별 깃발을 보았지요. 천장으로 빛이 들어온 수영장의 로비를 보았지요. 드랙 쇼 공연 전 비어 있는 술집 무대를 보았지요. 호수의 파문이 높은 버드나무 잎사귀에게로 반사되어 투명한 물결이 흐르는 공중의 나뭇가지를 보았지요. 옥상 테이블의 술잔 위로 떨어지는 빗방울을 보았지요. 왁싱숍 화장실 벽에 거꾸로 매달린 십자가를 보았지요. 새벽바람에 굴러다니는 마네킹 머리통을 보았지요. 불 꺼진 도서관 책장의 책등 위로 가느다랗게 깊어지는 어둠을 보았지요. 한순간 모두 사실 같았지요. 눈앞을 드리운 손 다시 내려놓으면 눈앞 이후의 시간이 모조리 비어 있었지요. 뒤돌거나 눈 감을 새 없이 머리부터 발끝까지 바라왔던 풍경에 뒤덮이며 바랄 것을 잃어가니 매일이 마지막 같았지요. 트램이 떠나가고 트램을 기다리고 기대보다 이르게 희망의 종착지에 남겨진 채 고개 내려 나가유미 씨의 메일 읽을 때면. 제 얼굴을 비추는 아이폰 불빛 어디에선가 나가유미 씨의 얼굴 또한 비추고 있는 모습 떠오릅니다. 머리 위로 헬리콥터 닿지 못하도록 흘러가면서 닿을 수 있는 시선 주위를 오가는 새들 따라 조금씩 드러나는 거리의 윤곽 나가유미 씨가 적어준 풍경과 겹쳐져 가로등과 건물들 자라나듯 나타날 동안 똑같은 파장의 불빛 속에서 서로가 모르는 장소로 밝혀지는 우리의 얼굴을 말이지요. 잎 갈나무 가로수 무리 뒤로 고가교의 전철이 지나가고 고개 들면 사라져버린 전철 불빛처럼 믿을 수 없이 희박한 감각들만이 남아 빛의 해상도로 미래를 베끼는데 서로의 메일을 읽는 우리, 언제 어디인지 모르게 각자의 동시에게 비춰지는 얼굴 밖으로 우리의 시점은 더 이상 존재하지 않는 것 같습니다.


11월 27일


교각 높이 가로수 무리 뒤로 전철 불빛 지나가고 테이블 너머 케이와와가 비운 의자 위 비 젖어 흘러내리는 파카 생물 같았다. 선물 받은 책 펼쳐보는 척했지만 아무 글자도 읽지 않아 케이와와에게 어떤 표정으로 어떤 말을 해야 할지 조금 춥지 않아? 너 여기 겨울은 처음이겠네 맞아 엿 먹지 않게 조심해 아직 체리 향기 희미할 때, 담배 종이 사서 돌아온 케이와와와 커피 마시며 마저 시샤 끓였고 졸고 있는 직원 옆에서 케이와와는 시샤 두 모금당 한 번씩 대마 섞어 피웠는데 서로 말 거는 대신 말에 가까운 기억들 생각했다. 요나스 만났다며? 요나스? 내 보조원, 서점에서 널 봤다던데 아

그래 네가 하마르에 갔다고 알려줬지 잘 지내? 커피잔 내려 놓은 손으로 케이와와가 자기 목을 한 바퀴 묶어 공중에 매다는 시늉 하기에 연기 삼키다 멈추고 지난주에 애인이랑 팔 마로 휴가 갔어 시샤 향기 풍성해져 입 밖으로 말보다 연기가 더 사실같이 흘러나올 동안 졸다 깨고 이야기하고 또 졸다 깨어나 각자 다른 곳에 버려둔 눈길 창밖에서 행진해오는 열댓 명의 시위 무리에게로 이어져 그들이 창밖을 다 지나가며 남긴 뒷모습들 지켜보다 결국 바닥에 피켓 끌고 멀어지는 그들의 후미 따라 함께 걸었다. 책을 든 손 차가워 여러 번 번갈았고 케이와와 처음부터 처음 보는 이들과 대마 돌려 피우며 하품하거나 허리 숙여 웃었다. 아직 문 열기까지 네 시간 정도 남은 외국인청에 도착해, 어두운 골목에 이미 줄 서 있는 사람들에게 팸플릿 나눠 주곤 직원들 출근하길 기다렸다. 이 도시의 행정부가 위험을 부담하기 싫어 필요 서류가 충분히 있음에도 외국인 체류자에게 비자를 연장해주지 않거나 다른 도시로 부담을 떠넘기는 일을 규탄하는 시위였는데, 팸플릿 숨기든가 버리고 눈 피하며 혹여 자신의 비자 연장에 해가 될까 시위대와 거리 두는 이들에게 미리 준비해온 커피 두 손에 쥐여주곤 시위대는 줄 선 이들 건너편으로 이동해 피켓을 들었다. 담배 문 채 건물 문 발로 걸어차고 있는 케이와와에게 먼저 갈게 졸려 어느 날 네가 아는 누군가가 완전히 사라져버리면 어떨 것 같아? 갑자기 무슨 말이야 나도 갑자기 생각났으니까 갑자기 물어보는 거지 완전히 사라지다니 죽음처럼? 어떤 방식이든 글쎄 재미없을 것 같은데 갑자기 사라져버려서 관심을 받고 싶어 하는 사람은? 그런 사람들이 있어? 어학원이나 관광지에서 혼자 있는 사람에게 다가가 반년에서 오래는 몇 년 유대를 맺다가 메시지 한 통을 남긴 후 갑자기 사라져버리지 페이스북, 인스타그램, 트위터, 왓츠앱 등 연락 가능한 모든 수단을 없애버리고선 한 사람에게서 그냥 없어져버리는 거야 찾아낸 적 있어? 의뢰를 받았으니 결국 다 찾아내긴 했는데 처음에는 다들 이 핑계 저 핑계 둘러대지만 마지막에 하는 말은 하나같이 똑같아 다른 사람으로금 자신이 실재했었음을 느껴지고 싶었다고 케이와와는 당분간 일을 쉰다고 버스에서 외국인청 직원들 내리자 커피잔 들고 조용히 웃던 이들 피켓 들어 구호 외치며 삿대질하고 직원들 고개 저어 청사 차양 아래로 들어갈 때 그들이 내린 버스 타고 돌아왔다. 운전석 뒤에 앉아 졸다 깨면 머리에 까치집 진 기사 창 앞으로 미세한 눈발, 현관 바닥에 도미노피자 전단지와 낙엽들 맨발 아벨이 문고리에 손 올려둔 채 눈 감고 서서 잠들어 있었다.

11월 28일

말 없는 경찰 두 사람이 안개 낀 다리 위를 걸어가고 다리 아래 자피로 서 있었다. 발소리 아래 흐르는 강가의 벽에 등 기대 고개 젖히고서 얼굴 가득한 문신 가운데 유일하게 하얀 두 눈을 감지 않으며 내려다보고 있는 어딘가처럼 비어 있는 걸음으로 두 경찰이 눈감음보다 깊이 사라진 안개 속에서 작은 불빛 한 점이 피어나 바라보고 있으니 가까이 다가올수록 점점 밝아지는 불빛 자전거가 되어 지나가고 영원 같은 리듬으로 다시 안개 저편으로 미끄러져 사라지는 피자배달원 뒷모습까지 지켜보고서 다시 돌아섰을 때 자피로 없었다. 눈을 도려낼 수 없으니 매일 불을 끄고 씻었지. 거울이 비추는 자신을 견딜 수 없어 문신부터 했다는 그가 등 기대 서 있던 자리를 지나 강가 걸으면 강물 흘러오는 방향으로 대마초 냄새 옅은 색소폰 쇳소리에 배여 오고 가스등 머리 천천히 쏠어내리는 안개 무리 낡은 머리칼 같아 두 개의 병원. 두 개의 병실. 두 개의 시간에 누워 있던 두 할머니 생각났다. 잘 세탁된, 깨끗한 커튼이 있었는지 어느 세균도 들어올 틈 없이 어느 밀도 높은 색깔의 커튼이 바람 혹은 기억에 의해 휘날리고 있었는지 사실은 아무 커튼도 창도 없이 심전도 모니터 소리만 들려오는 병실에서 혼자 보조의자에 앉아 몇 주째

의식 없이 누워 있는 그들을 지켜보며 손을 잡을까 말까 고민했던, 그 일이, 안타깝거나 슬픈 감정이 너무 희미한 두 손을 엷은 피부 아래 이미지가 흐르고 있을 할머니의 손 위에 올려두어보거나 감싸보는 그 일이 그 알 수 없고 이기적일지 모를 촉감이 혹여나 그 순간 평생을 통과해와 마침내 새로이 회복되고 있을지도 모를 할머니에게 문제를 일으키지 않을까 싶어 손잡지 못했던. 이후 그 자리에서 그 자세 그대로 돌아가신 그들이 양지바른 골목에 앉아 길고양이를 기르고 있는 꿈을 꾸었던 날의 우스운 안도감, 다시 또 피어나는 불빛 몇 점. 어느새 이미 지나가버린 자전거 탄 아이들이 남겨둔 웃음과 상스러운 욕설 속에서 어릴 때 어딘가에 놀러 갔다 돌아온 기분이 드는데 정말 똑 닮았네. 엄마 아니야? 엄마, 엄마라며 산책로를 걷다 처음 보는 할머니에게 다가가 울먹이며 말을 걸었던 누군가의 목소리와 금방이라도 깨져 내릴 듯 떨리던 몸짓이 안개를 당장 찢어낼 듯 선명해 계단을 올라 강가를 떠나니 버려진 차 안에서 홈리스 한 사람이 색소폰을 껴안고 잠들어 있었다.

## 11월 29일

파비오를 비롯한 식당 야외 테이블 전부 치워진 자리로 잿빛 안개만 흐르는 거리 비 맞으며 지났다. 전철 타니 펑크 차림 남자 신문지로 비 가렸는지 민머리에 잉크 옮아와 활자들 남자의 두피로 흘러내리고 냉기 서린 두터운 털옷들 틈에 끼어 여기저기 재채기하는 사람 많았는데 각자 다른 역에서 타, 멀리서 눈짓으로 인사하고 펠라티오 손동작으로 장난치는 친구들 입 모양만으로 좆 까 너나 까 죽어 너나 뒈져 대화하다 동시에 웃으면 서로에게서 눈을 떼어 다다를 곳 없는 시선만큼 긴 미소 머금는 두 사람의 얼굴 위로 터널 지나갔다. 정류장들을 지나쳐 멍하니 머물다 사람들 올라타고 내리고 또 내리고 또 내려 조금씩 비어가는 전철 객실 과거처럼 보였을 때 내렸다. 처음 보는 역을 나와 로또 가게 앞의 공터 한참을 걷다간, 벤치에 앉아 고양이를 쓰다듬고 있는 할아버지를 보고서야 전에도 와본 동네임을 알아챘는데 스탠 더글라스 오프닝 뒤풀이에서 마누엘의 친구들과 어울려 밤새 술집을 쏘다니며 보드카와 커피 번갈아 마시다 새벽에 택시를 타고 넘어왔던 동네 같았다. 그곳이 이곳인지 확실치 않았지만 술 섞여 꿈까지 물들인 기억 속에서도 누군가 벤치에 앉아 있었다. 뜨거운 터키 차를 손에 쥐고서 이브 뒤루와 살인청부업자에 대해 이야기하는 누군가가 누구인지. 단순한 비유였는지, CIEPFC의 이브 뒤루가 살해당했다는 건지 이브 뒤루가 살인청부업자였다는 건지 자기가 살인청부업자라는 건지 기억나지 않았다. 공터를 가로질러 이제 막 오픈 팻말 건 포르투갈 카페에 들어가 몸 녹일 동안 조도 낮은 실내등 아래에서 프란세지냐 냄새 따라 샴고양이 꼬리 세웠다. 음악은 없었고 다시 비 내려 빗소리와 함께 들어오는 노인 몇과 중년들 다들 아는 사이인지 따로따로 앉으면서도 누군가 새로 들어오면 함께 인사하고 짧게 안부 물었다. 비타민제는 사두었는지 이제 앞으로 몇 달간은 계속 이렇게 어둡기만 할 거라고 암페타민은 많이 사두었지요 접시 흐트러지는 소리 신문지 펼치는 소리와 함께 간간이 새어오는 목소리들에 눈이 감기고 가벼운 비 내음 남국으로 가족 여행을 갈 거라고 기차 티켓값이 너무 많이 올랐다고 어젯밤에 스테판 씨네서 울음소리를 들었다고 뉴욕에 간 딸이 개정된 이민법 때문에 추방당했다고 젊은 애들 파티 때문에 잠을 못 자겠다고 유독 여기에만 이렇게 먹구름이 많이 끼는 건 신에게서 가려지기 위함일 거라고 신에게서 가려진 채 그 누구든 마음껏 입안에 총을 넣어 방아쇠를 당길 수 있게 하기 위함일 거라고.

11월 30일

비 젖은 봉고차에서 내리는 사람들 틈에 오사마 있었다. 코트 깃 가려 담뱃불 붙이는 이들 곁으로 오사마 손 모아 입김 불어넣을 동안 전자마트에서 플레이스테이션 사서 나온 남자애들 도저히 기쁨을 감당 못 하는 표정으로 오사마를 지나가고 배에 20시간 동안 타 있었어요 무슨 배역이었는데요? 난민요 오이는 빼주세요 케밥 가게에 들어가 되네르 세트와 터키 차 주문하고 앉아 이상했어요 선미로 나와 배 너머의 공중에서 우리를 찍고 있는 드론 카메라를 마주하고 서 있었는데 모르겠어요 찻잔을 쥐었다 놓으며 손 녹이면서 엑스트라 일이 시간 대비 페이가 더 좋긴 하지만 경비 일을 다시 하고 싶다고 카레 가루와 마요네즈 뿌려진 감자튀김 입에 넣으면 아직 뜨거워 입 벌릴 때마다 창가에 입김이 붙잡히듯 촬영 대기 길어지자 누군가 어디서 농구공을 찾아왔어요 골대도 없고 공간도 좁으니 갑판 위에다가 길이도 다른 마대 두 개에 각각 양동이를 걸어놓고선 1대 1 경기를 치렀죠 다들 처음에는 별 관심 없어 했으면서도 와이파이는 고사하고 3G마저 안 터지다 보니 하나둘씩 경기에 집중하기 시작했어요 몇 경기가 이어지고 점점 커지던 환호성이 어느 순간 물속마냥 젖은 저음의 웅성임이 되어 귓속에 맴돌기에 정신

212

차려보니 갑판 한가운데서 제가 농구공을 들고 서 있더군요 주위에 저와 같은 피부색을 지닌 이들이 둘러앉아 파도 위로 굴절되어오는 겨울 햇빛에 얼굴 찌푸렸고 갈매기들이 드론이 날던 자리에서 쪽빛 하늘을 오려내듯 맴돌고 있었어요 우리는 되네르 포장지로 입가를 닦으며 거리로 나와 길목 곳곳이, 얼어붙은 빵 쪼가리 주워 먹는 비둘기 떼와 길바닥에 누워 잠든 이들을 지나 바다 너머 육지로부터 감독과 스태프 무리들이 우리를 구경하고 있었는데 귓속으로 중음대와 고음대의 환호성이 다시 터져오고 농구공 잡은 두 손 안으로 땀이 흐르던 게 기억나요 어디로 갈까요 글쎄요 근처에 뭐가 있죠 모르겠네요 여긴 올 때마다 헷갈려요 담배 가게의 방범용 유리창 안에서 경마지 읽는 주인의 얼굴을 지켜보다 손금에 맺혀 손가락 사이로 천천히 흘러내리는 땀방울의 궤적을 온몸으로 느낄 수 있었어요 비 그친 물기를 날리면서 더 차가워진 바람 마땅히 피할 곳 없어 전자마트 들어가며 그때 몸에 흐르던 땀방울은 선명하게 기억나는데 에스컬레이터 경사면 따라 하행하는 반대편 레일 아래 진열대에 깔린 노트북 배경화면들 그런데 지금 그 몸이 정확히 언제 어디에 있었던 건지 잘 모르겠어요 경기는 어땠어요 졌어요 형편없이 깨졌죠 닌텐도 게임기 매장에 앉아 마리오 카트 하는 아이들 뒤에 서서 우리는 순서를 기다리다 아이들 일어날 기미 보이지 않아 서부극 게임 홍보 중인 플레이스테이션 매장으로 자리를 옮겨 그다음엔 엑스박스, TV, 카메라, 사운드시스템, 휴대폰, 홈시어터 다시 1층 회전문 유리창에 맺힌 입김 기억의 위치가 바뀐 기분이에요.


12월 2일

　날짜 착각했는지 전시 철수 중이라 갤러리 옥상 올라갔다. 옥상으로 이어지는 경사면, 출구를 향해 점점 더 넓어지는 사다리꼴로 시야 개방해놓아 오를수록 가파르게 무너져 오는 먹빛 하늘 속으로 얼굴 집어넣으며 구름 품 깊이 희미한 번개 불빛 보았다. 옥상에서는 한두 사람쯤이 멀리 떨어져 각자 전화하거나 팸플릿 살피고 있었고 난간 밖의 숲 또한 흐리게 잠겨 있어 안개 흐르는 것 같았는데 새소리 없었다. 다만 어디선가 폭죽 소리. 편지 쓰는 사람들 생각했다. 버스에서, 호스텔 로비에서, 교도소에서, 던킨도너츠에서, 국제전화 카페에서, 공원 화장실 앞 LSD 딜러 옆에서, 연필로, 펜으로, 키보드로, 블랙베리로, 아이폰으로, 머릿속으로. 문장을 적다 문장이 된 말에 스스로 비열함을 느낀 순간에게서 새 나오는 표정들. 바닥에 구르는 와인잔들 살피며 옥상 한 바퀴 돌고 나니 있었던 사람들 사라지고 철수 끝나 입구로부터 사람들 줄줄이 떠나갈 동안 아무도 올라오지 않았다. 이곳에 아직 도착하지 않은 비가 저기 숲 너머의 빌딩을 적시고 있고, 등 뒤로는 계단의 경사로가 두 사람의 속삭거림 가까이 올라올 듯 말 듯 미세한 말소리의 흔적만 껴안은 채, 벤치에 앉아 눈을 감고 있으면 어느새 왼손으로 날아온 조그만 참새 두 마리가 보드랍고 촉촉한 날개를 손등에 슬며시 비벼오고 눈 뜨면 비키의 작은 두 손이 왼손을 감싸 쥐고 있던 기억. 두 사람이 되어 동시에 편지를 써본 기억. 한 사람이 한 번에 두 문장을 동시에 떠올리는 일은 불가능했던 기억, 기억이 그 자리에 없던 기억. 클랙슨 요란해 후문 쪽에 나가보니 갤러리 뒤뜰로 화환 붙은 차량들 줄지어 들어오고 있었다. 곧 웨딩드레스 입은 여자와 턱시도 차림 남자 리무진에서 내려 키스했고 비어 있던 미술관 뒤뜰 무단 침입한 하객들과 드레스 입은 꼬마들로 가득 차 이들이 주인공을 둘러싸 만들어낸 동그란 원처럼 눈, 코, 입까지 얼굴 가득 부드러운 곡선을 채우며 다 함께 웃고 춤추고 떠들었다. 신부의 드레스 끝자락 휘날릴 때마다 옥상 가까이 다가오는 비가 보이고 그들을 알지 못하는데 그들은 손 흔들어 인사해와 그들이 그들 밖으로 열어둔 순간 속에 그들의 일부처럼 머무를 수 있었다. 리무진 스피커로 켜놓은 터키 가곡에 맞춰 비 젖으며 춤추는 가족과 친구들의 머리칼에 붙은 빗방울 한참의 연회가 끝나고서 클랙슨 울리며 줄지어 떠나가고 비에 올라타 흘러내린 꽃잎들 마당에 남겨진 채 멀리 먹구름 틈에서 다시 또 번갯불 하얗게 나타났다 사라졌다.


12월 9일

해가 지자 광장에 크리스마스 마켓 열려 있었다. 핫도그와 맥주. 양손에 들고 아누라다 한 입씩 번갈아 먹으며 친오빠 욕했다. 개새끼 통화한 지 한 시간도 안 돼서 가족한테 다 소문난 거야 토렌트도 그 새끼 입보단 느릴 걸 얼굴 붉게 올라 외투 주머니에 손 넣은 사람들 길가에 서서 맥주나 와인 마시며 트림 삼키고 벌써부터 산타 모자 쓴 사람 몇 화사한 마켓 불빛에 감싸여 유난하지 않았다. 그거 알아? 몇 년 전에 이곳으로 테러 분자가 트럭을 몰고 돌진해 많은 사람들이 다쳤어 크리스마스트리 전구 조명 졸다 보면 언젠가 상상으로나 미리 보았던 따뜻한 풍경 틈에 웅성거림 섞여오고 웅성거림 뒤에 희미하고 반짝이는 캐럴 소리 네일 손톱 검은 눈동자 입술을 닦던 아누라다가 셋째 잔 맥주를 주문하러 갔을 때 아벨을 우연히 만나 함께 테이블을 둘러싸고 술 마셨

216

다. 어디 가는 길이었어? 동생을 보러 가려고 동생이 이 근처에 살아요? 네 저기 공원에요 아벨이 문 닫힌 상가를 가리키자 아누라다가 무슨 뜻인지 모르겠다는 얼굴로 돌아봤고 그러든지 말든지 아벨은 혼자 상가를 지켜보며 노래 흥얼거리다 자리 떠났다. 듣던 대로네 오늘은 정상인 편이야 뭘 하러 가는 길이었던 걸까? 아벨이 뭘 하러 돌아다니는지는 아무도 몰라 사람들 더 들어차도 웅성거림의 크기 커지지도 줄어들지도 않아 어딘가로부터 젖은 길을 걸어와 서류 가방 혹은 여행 배낭을 내려두고서 혼자 술 마시는 사람들 몸을 내려둔 것처럼 말없이 휘날리는 마켓 불빛에 묻어나며 서 있는 형태만을 남겨놓고 무슨 생각을 하고 있는 것인지 무엇을 기다리다 기다림을 뛰어넘은 자세를 갖게 된 것인지 크리스마스에 계획 있어? 아무것도 안 할 건데 내겐 완벽한 계획이 있지 하루 종일 집에서 해리포터 볼 거야 전편을 다? 아니 1편만 계속 볼 거야 틀어놓고 책 읽고 틀어놓고 목욕하고 틀어놓고 아이스크림 먹고 틀어놓고 전화도 할 거야 틀어놓고 논문도 써 꺼져 해리포터 지팡이도 대학원생은 못 구해줘 알잖아 맞아 그래도 딱총나무 지팡이로 니 입은 쑤셔 넣을 수 있겠지 아까 전부터 힐끔힐끔 우리를 지켜보던, 탑번 머리에 턱수염 목 아래까지 기른 백인 남성에게 눈 마주쳐주니 평생 이 순간을 기다려왔다는 듯 미소 지으며 합장해오기에 아누

라다 그에게 가운데 손가락 흔들어줬다. 엔니에게 가게 일이
바빠 당장은 못 나가겠다는 연락이 와. 데운 와인 두 잔 주문
하고서 잔에 손 녹이며 엔니네 가게로 향했다. 가는 길 크리
스마스 마켓과 이어져 화사한 조명 피해 조금만 고개 들어보
면 시야 가득 먹구름이 고여 오고 술 취해 서로 어깨를 스치
는 사람들 틈에서 가만히 서 있는 중년 여성이 보여, 히잡 두
른 채 아무 동작도 없이 캐럴에게조차 분리되듯 표정 잃어가
던 그의 카메라가 크레이프 먹는 아이에게서 우리 쪽으로 향
했을 때 아누라다 자연스레 포즈 취해주곤 갑작스러운 기쁨
에 놀란 여성과 동시에 마주 웃다 두 사람 웃음보다 긴 반가
움을 남겨두고 마저 갈 길 갔다. 엔니의 가게에 도착해서는
촉촉한 바인 꾸온을 두고 커피와 술 섞어 마시며 아누라다와
엔니가 함께 빈정거림에 대해 빈정거려와 빈정거림으로 대
꾸하다 반성했다. 빈정거리지 않고는 도저히 살 수가 없어
그걸 막으면 사람들 얼굴에 침을 뱉거나 뇌가 정지해버릴지
도 몰라 빈정거림은 백인 남성들이 어떻게든 자신이 대화의
우위를 점하기 위해 사용하는 비열한 화법이야 고치도록 노
력해볼게 우선 DNA 추적 결과부터 받아 보고 나서 추적 결
과로 네 조상이 리튬이라고 밝혀졌을 때 놀라지나 마 리튬?
응 너는 원소 좆만큼 소심하니까 아누라다와 엔니 승리의 건
배하고 새해 전야에는 둘 다 올 수 있는 거야? 괜찮을 것 같

아 나도 문제없어 근데 친구들도 다 오는 거야? 다들 온다고
는 했어 그 강아지도? 아마 함께 올 거야. 혹시 폭죽도 사가
야 돼? 그냥 다른 사람들이 터뜨리는 거 구경해도 되지 않을
까 어차피 여긴 새해만 되면 난리가 난다며 하긴 우리가 안
해도 이미 정신없겠지 그래도 잠깐은 정신없이 아름다울 거
야 타이거 맥주병들 바람 소리 미세하게 진동하는 유리창 밖
으로 경찰차 사이렌 설거지 끝내고 가게 앞에서 담배 피우던
엔니의 아버지 어깨부터 물들이며 담뱃불 담배 연기 하얗고
검은 배경으로 빨갛고 파랗게 드러나는 구체적인 표정 우리
의 얼굴에게로 번져오다 지나가면 형체 없이 진동하는 눈 코
입 들 유리창에.


12월 17일


　오전부터 수영했다. 그새 자세가 망가졌는지 도중에 자
꾸 몸이 레일 쪽으로 쏠려 레일 바깥으로 팔 여러 번 넘어갔
다. 다행히 사람 몇 없어 부딪히는 일 없었지만 허우적거리
느라 금세 지쳤고 결국 일곱 바퀴만 돌고 나서 벤치에 앉아
쉬었다. 타월로 젖은 얼굴 감싸면 여름의 언덕길 떠오르고
고개 기울여 귓속의 물 털어내면 바람이 열리는 소리 들려왔

다. 이어 여러 몸이 물을 가르는 소리 바로 누워서 뒤집어 누워서 물속에서 물 밖에서 다른 움직임으로 하나씩 하나씩 쌓이고 흩어지고 쌓이고. 아무 데나 벗어놓은 슬리퍼들, 끈 풀어진 물안경, 다이빙대에 걸터앉아 전공 서적 읽는 안전 요원, 버스 창가로 바라본 공터, 천사 조형물, 버려진 공항, 목장의 밝은 석양 같은 것들 속에서 면목 없지만 자신은 채식주의자라며 당신이 건네준 햄버거를 받을 수 없음에 정말 죄송하다고 부디 자기를 거만한 인간이라 생각하지 말아 달라 말해온 걸인의 정중한 동시에 겁에 질려 떨리는 목소리까지. 몸의 물기 다 닦아내지 않아 결국 추위에 일어났을 때 아무도 없었다. 집으로 돌아가는 전철에서 왼발에 깁스 두른 아주머니가 맞은편에 앉아 있었고 몸집 비대했다. 낮 시간이라 사람들 몇 올라타지 않아 듬성듬성 한가한 좌석 한가운데 헝클어진 아주머니의 오렌지색 머리칼 위로 환영 같은 햇빛이 통과해오고 감기 탓인지 코 막힌 채 잠들어 고개 젖혀 입 벌린 아주머니의 불규칙한 숨소리 오래된 장소처럼 몸에서 간간이 올라오는 수영장 냄새 맡으며 굳이 이 모든 깨끗한 순간에 슬퍼할 필요 없다 생각했다.

12월 19일

　만나본 적 없지만 알고 있는 아가들 생각했다. 아가들 옆에 청소기 들고 있는 친구들. 소파에 누워 있는 친구들 몸 위에서 잠에 든 아가들. 책장 근처에서 칭얼거리는 아가들. 두 손으로 컵을 쥔 아가들. 엎드려 물을 닦아내는 친구들. 작은 두 손을 유리창에 갖다 대어 창밖을 구경하는 아가들. 자동차 백미러로 아가들을 살피는 친구들. 친구들의 어깨 품에 얼굴을 파묻고 우는 아가들. 안아 든 아가들의 목덜미에 코를 박고 눈을 감아보는 친구들. 친구들의 손가락 하나를 쥐고 방글거리는 아가들. 아가들과 욕조에서 놀아주다 잠시 딴 생각하는 친구들. 초록색 풀밭과 지나가는 강아지가 신기한 아가들. 아가들을 재우고 통장 잔액을 확인하는 친구들. 두 손으로 두 눈을 가리며 소리 지르는 아가들. 동물들의 눈동자를 들여다보며 똑같은 생김새에 신기해하는 친구들. 친구들에게 뒤뚱뒤뚱 달려가는 아가들. 이불을 뒤집어쓰고 누워 장난치며 웃다 한순간 울고 싶거나 죽고 싶어지는 친구들. 바보 같거나 천재 같은 아가들. 울다 잠든 아가들의 볼에 손등을 뉘어보는 친구들. 장난감 피아노 앞에 고요히 앉아 있는 아가들. 설거지하며 약속 없이 공원의 벤치에 혼자 앉아 있는 생각을 하는 친구들. 노래 부르며 식탁을 벗어나는 아가들. 수저를 들고 따라다니는 친구들. 친구들의 품에 안겨 길을 걷다 외국인을 가리키는 아가들. 외국과 인종을 설명할 줄 모르는 친구들. TV를 보다 조는 아가들과 친구들. 책을 읽어주다 조는 친구들과 아가들. 두 발로 하늘을 걷는 꿈을 꾸는 친구들과 아가들. 내복을 벗으려 소리치는 아가들. 아가들에게 털모자를 씌어주는 친구들. 입술을 앙다물고 바닥에 놓인 도화지에 그림을 그리는 아가들. 고양이와 눈사람을 그려주는 친구들. 그림 속에서 마주 보고 함께 춤을 추는 친구들과 아가들. 약속 없이 공원의 벤치에 혼자 앉아 있는 아가들을 생각하는 친구들. 알게 모르게 모든 문장 속에서 아가들을 생각하는 친구들을 생각하는 아가들.


12월 20일


토르벤이 일하는 난민 지원 카페에서 구석에 앉아 책 암송하는 남자아이 봤다. 스무 살 아니면 스물한 살? 한 페이지를 읽고 고개 젖히고 눈 감아 입술을 움직이고 다음 페이지로 넘어가고 정전된 천장에서 떨어지는 빗물 밤마다 이불을 뒤집어쓴 채 주텐원 소설 읽었다던 링 생각났다. 무료 강의 끝내고 나온 사람들 거실에 모여 모국어로 이야기하면서 커

222

피나 차 따라 마실 동안 조금씩 옅어지는 사람들의 몸내 직원
둘 조명들 전선 따라다니며 정전된 전압들을 점검하고 남자
아이 읽던 책에 손 올려둔 채 눈 감아 미소 짓고 있었다. 커피
대신 탄산수 한 잔 더 주문하곤 혹시나 버스 시간 한 번 더 확
인했다. 최저가로 찾아낸 버스의 경로는 네 시간 정도 이동
하고 중간에 링을 만나 네 시간 반을 더 가야 하는 여정이라
가는 길 내내 곯아떨어지기 위해 밤을 새두었는데 그래도 잠
못 들 걸 알고 있었다. 양옆으로 숲이나 들판이 펼쳐져 있고
다른 차들은 보이지 않는 국도의 밤안개를 몇 시간이고 지켜
보면서 달라지지 않는 풍경이 미세하게 변하고 있음을 눈치
채며 세계를 상대로 한 나태한 깨달음 따위를 얻으려는 역겨
운 마음이 없길 바랐다. 차양 위로 맴돌던 저녁 빛이 흰 눈에
반사되어 분산되는 거리에 무단 횡단해오는 사람들 자신에
게로 사라져버리듯이 후드 뒤집어쓰거나 코트 머리 위까지
끌어 올리고서 트램에서 내리고 올라타고 트램이 거리를 떠
나가고서야 빈 거리에 맴도는 진눈깨비 선명하게 자리했다.
어제 단속을 피해 식당 창고에 있었어요 전 크리스마스 마켓
아르바이트 인터뷰했는데 떨어졌어요 탄산수 여전히 익숙하
지 않아 한 입만 마신 뒤 입 대지 않고 있자 테이블마다 초를
놓아 켜두던 토르벤이 맥주로 바꿔줄까 물어와 고맙지만 괜
찮아 오늘처럼 수업이 있는 날은 야간 조로 일하러 가야 한

223

다고 이야기하던 이들 카페 밖으로 나가 사탕 껍질 까면서
추위에 동동 발 구르다 포옹하며 인사할 때 길 맞은편 꽃집
의 불 들어와, 종종걸음으로 길 건너가는 그들의 형상 건너
편의 불빛에 다가가는 만큼 어둡게 멀어지고 이봐요 누군가
어깨를 두드려 돌아보니 남자아이가 읽고 있던 책의 마지막
장을 촛불에 비추어 펼쳐 보이고 있었다. 내 이름을 당신 나
라의 말로 적어줄 수 있나요? 아이가 보여준 페이지에 이미
아이의 이름이 여러 나라말로 제각기 크기와 기울기 달리 채
워져 있어 이름이 뭔데요? 아브달라 마스루아예요 볼펜을 건
네받곤 글씨를 쓰기 전에 볼펜을 쥔 손을 바라보며 이 손이
누구의 것인지 믿기지 않았다. 종이를 눕혀 누른 왼손과 기울
여 볼펜을 감싼 오른손의 자세가 너무나 자연스러운 동시에
너무나 오래되어 다른 차원처럼 눈보라의 부드러운 그림자가
촛불 곁으로 소리 없이 가득 휘날리는 카페에서 미안해요 글
씨를 잘 못 써서요 괜찮아요 멋있는데요 남자아이와 얼굴을
힐끗 마주하다가 어설프게 기른 콧수염 여름 동안 햇볕에 그
을린 코 기름때 낀 볼을 한꺼번에 열어젖히는 미소 이거 중국
글자는 아닌 것 같은데 네 아니에요 처음 받아보는 글자예요
고마워요 아 브 달 라 마 스 루 아 손가락으로 글자 하나하나
를 가리키며 음독을 알려주면 남자아이도 따라서 아 브 달 라
마 스 루 아 하나하나 합쳐지면서 목소리 안과 밖 눈보라.

12월 21일

불 꺼놓은 야간 버스 실내 LED 조명만이 잠든 사람들의 테두리 스치고 여기 지금 다프트펑크 뇌 속 같아 개네 뇌 없잖아 링이 시킨 대로 터미널에 가장 먼저 도착해 버스 2층의 맨 앞좌석 맡아뒀지만 경유지 정류장에서 링 올라타지 않았다. 어떻게 음악 듣느라 버스를 놓칠 수 있어? 너도 찰스 로이드 콰르텟 공연 찾아봐 그게 진짜 우주니까 전면 유리창에 다리를 뻗어 기대고서 눈앞으로 맺혀오는 밤안개 지켜보며 링과 전화했다. 일단 샤워부터 해야겠어 너도 좀 자둬 못 자 한 번도 버스에서 잠든 적이 없어 네가? 넌 걷다가도 졸잖아? 그러니까 벗어놓은 재킷 부스럭거리며 잠에서 깬 휴대폰 확인하거나 술 홀짝이고 다시 눈 감은 사람들의 숨소리 속삭거림 이어폰에서 전파가 끊길 때마다 구겨지는 음질 안개 속으로 희미하게 젖어드는 헤드라이트 너는 언제 올 생각이야? 아침 버스 타고 같게 저녁에 구시가지 사원 앞에서 만나 근처에 괜찮은 훠궈 가게를 알고 있어 잠시 안개 걷힌 유리창으로·독서등 켜진 뒷좌석 하나가 비치고 숲 사이 지나갈 때면 책 종이 넘어가는 소리 들려와 맞아 네가 전에 물어본 소설 뭐였는지 생각났어 내가 그런 걸 물어봤다고? 생김새 달리 좌석 밖으로 삐져나온 어깨들을 지나온 소리 유리창에 펼

225

쳐지듯 하얗게, 안개 걷히면 다시 졸음에 기울어지는 어깨들 따라 숨을 맞춰 쉬어봐도 잠에 들질 않아, 몇 시간째 일정한 속력으로 주행하는 버스 기사의 표정 상상했다. 타기 전에 분명히 얼굴을 봤었음에도 기억이 전혀 어째서 언제나 그들의 얼굴은 그렇게 소멸되어버리는 것인지. 출발하고서 한두 시간 정도는 교대 대기 기사와 함께 노란 조끼 집회에 대해 대화하는 두 목소리가 들려왔지만 경유지를 지나고 나서부터는 조용했다. 잠들었어? 아직 넌 샤워하고 온 거야? 응 이제 좀 살겠네 정부 지원프로그램에 선정되어 각 지역을 돌아다니며 소외 계층 여성들에게 무료로 노래를 가르쳐주고 있는 링이 연초에 있을 교습 일정 때문에 새해 파티에 못 갈지도 모르겠어 괜찮아 나중에 재밌었던 이야기나 해줘 혹시 시간이 나면 늦게라도 들를게 숲을 나와도 도로는 여전히 여느 차 없이 어두워 전면 유리창에는 천장의 LED 조명만이 잠든 이들 머리 위를 지나와 그들의 꿈으로 이어내듯 광선을 어두운 도로 너머 공간으로 통과해가고 링과 이런저런 이야기하다가 점점 더 말보다 침묵이 길어질 때면 그런 순간이 오히려 더 자연스러워 통화 끊지 않고서 각자 다른 생각을 했다. 링의 교습 시간에 들리는 노랫소리를, 그곳에는 빛이 잘 들지 힘보다 흔적을 나타내며 떠다니는 먼지들 위로 한 겹 한 겹 화성이 쌓여가다 앞으로의 온 시간을 깨뜨리듯 눈부신 합

창 같은 햇살이 퍼져 오를지. 유리창으로 잠든 사람들의 고 갯짓이 안개 걷힌 새벽 빛깔 속에서 조금씩 드러나는 도시와 섞여갈 동안 이어폰으로 희미한 숨소리가 들려오고 하품하면 조금 뒤에 따라 하품하는 소리. 눈 감으면 귓속 가득 링 주위를 에워싼 공기가 몰려와 구름 위를 비행 중이던 이코노미 좌석 창가로 갑작스레 쏟아져온 햇빛이 펼쳐지고 맑은 햇살에 부딪쳐 현란하게 번져 오르는 좌석들과 사람들의 윤곽 사이에 우리가 잠들고 있었다.

# 두 사람이 걸어가

그라티아구스티 차나냐 롬파스
Gratiagusti Chananya Rompas

택시에 타서 도시를 다섯 시간—A 지점에서 B 지점으로 이동하려면 기본적으로 이 정도 시간이 필요하다—은 족히 배회하기로 했다면, 당신은 도회지 풍경의 성취와 실패를 보여주는 장엄한 슬라이드 쇼와 맞닥뜨리게 된다. 당신의 여정은 아마 유료도로로 진입하면서 시작될 것이고, 군집한 고층 건물들을 여기저기서 보게 될 것이다. 그 외에는 그저 열지어 늘어선 3, 4층짜리 건물들과 당신의 소실점에서는 초미세하게 보이는, 금방이라도 무너질 것만 같은 지저분한 주택들의 거대한 덩어리가 있을 것이고, 그 사이 골목들은 당신 신체의 신경계와 크게 다르지 않을 것이다. 그 후 아마도 당신은 쇼핑몰이며 아파트 단지들을 지나칠 것이다. 그리고 어느 상업 지구의 출구는 당신이 앞서 본 군집한 고층 건물들 중 하나로 골든 트라이앵글이라 불린다. 최첨단 건축물들, 번쩍거리고, 값비싸고, 좀더 크고 높은 쇼핑몰들과 아파트들이 당신을 기다린다. 여기서 당신은 넓은 보행로와 버스 전용 도로, 장엄한 랜드마크들, 티끌만 한 녹지 따위에서 어느 정도의 질서를, 일상의 힘겨움을 스트레스 없이 호사스럽게 날려준다는 형형색색의 광고판을 보게 될 것이다. 최신 스마트기기를 할부로 구입하라거나 병에 든 음료를 마실 때 쿨하게 보이는 법과 같은.

하지만 오젝°을 선택한다면 골목길 구석구석을 돌아다니며 좀더 감각적인 경험을 할 수 있는데, 대개 두부 튀김이나 템페, 바나나, 고구마처럼 길에서 파는 다양한 음식의 냄새를 쓰레기의 고약한 악취와 더불어 맡을 수 있는 것이다. 당신은 노는 아이들을 먹이는 어머니들을 볼 수 있는데, 그들의 얼굴은 분을 발라 희며 젖은 머리카락은 단정히 빗겨 있다. 기억할 것, 골목길은 보통 차 한 대로 꽉 차지만, 항상 반대 방향에서 밀고 들어오는 다른 차가 있다는 것을. 당신이 탄 오젝이 이런 자동차 뒤에 있는 불운을 겪는다면, 어떻게든 빠져나가려고 기를 쓰는 자동차가 뿜는 매연을 들이마

○ ojek: 오토바이 택시.

실 수밖에 없다. 당연히 숨을 참아볼 수도 있고, 코나 입을 손으로 막을 수도 있겠지만, 솔직히 그래봤자 별로 달라질 것은 없다. 일단 이처럼 뒤엉킨 상황을 빠져나가고 나면 이 구불구불한 길을 흔들리며 지나가는 것이 꽤 편안하다고 생각할 것이다. 아마도 오젝 기사에게서 나는 땀냄새에도 코가 익숙해졌을 것이다. 그 후에는 더 넓고 큰 길에 있게 될 것이다. 옆으로 강이 흐르고, 기름처럼 번드르르한 강물이 해변 모래사장으로 밀려오는 파도처럼 아스팔트에 입을 맞추다시피 하지만, 파도는 없다. 걸쭉하고 고요한 강물이 아스팔트 위로 범람한다. 그리고 그저 고여 있다. 아름답다고 말하기는 어렵지만 매혹적인 광경이 아닐 수 없다. 그리고 미처 알아차리기도 전에 당신은 더 넓은 도로에 있게 될 것이다. 더 높고 더 높은 건물들을 보게 될 것이다. 상업 지구들 중 골든 트라이앵글이라 불리는 가장 빛나는 상업용 건물 하나에 도달할 것이고, 수하물 스캐너 뒤에 선 명랑한 직원이 당신에게 인사를 건넬 것이다. 그들은 당신의 옷에서 가난한 냄새를 맡지 못하는 척할 것이다. 당신이 가난하다고 생각해서가 아니라 당신이 자기들의 1년 치보다 많은 한 달 치 급여로 많은 물건들을 살 수 있다는 걸 알아서다. 하지만 그들은 당신이 자기들과 크게 다르지 않다는 걸 안다. 그들이 수하물 스캐너 뒤에 있는 반면 당신은 책상 뒤에서 일한다는 것도 안다. 이런 식이다.

이 도시는 최선을 다해 무자비하다.


18,496일

사무실과 가장 가까이 있는 MRT역에서, 아니 상업 지구를 지나는 그 어떤 역에서라도, 나는 계단을 올라갈 때마다 도시 개발주의자들의 축축한 꿈속 아랫배에서 다시 떠오르는 기분이 든다. 애매한 느낌이다, 솔직히 말하자면. 혹은, 안도와 혐오의 공허한 감각이 뒤섞인 느낌일 수도 있다. 실제로 여기 있는 누군가에게 빚진 것 같은 느낌. 요금을 넘어서는 무엇을 그들에게 빚진 것 같은 느낌. 누군가의 목숨을 앗아가는 일에 공모하고 있는 것 같은 느낌.

이제 오른쪽을 보면, 반쯤 지어진 건물의 검은 반사 유리가 나를 응시하고 있다. 꼭대기에 노란 크레인 두 대가 서로 반대쪽을 바라보게 선 위협적인 탑. 크레인들은 화가 난 말벌의 더듬이처럼 보인다. 구부러졌음에도 불구하고, 여전히, 조그만 휴대전화를 쥐고 조그만 얼굴에 조그만 마스크를 쓰고서 무지한 상태로 그러나 목적을 갖고 아장아장 걷는 조그만 인간들을 지배하고 관찰하는, 어떤 것의 부분들. 내가 저것이었다면 우리가 감동적이라고 생각할 텐데. 하지만, 여전히, 조그맣다고.


18,595일


오늘은 해가 지지 않는다. 나는 빨간 소파에 누워 있다. 휴대전화가 이제 6시가 되었다고 알린다. 그러고는 6시 1분이라고 알린다. 60초에 못 미친 시간이 아무 일도 일어나지 않으면서 지나가는 동안 우리는 무엇을 하는가? 대체 1초란 어떤 의미인가? 나는 눈을 감고 컴퓨터 앞 의자에 앉아 있다는 걸 깨닫는다. 화면은 새까맣고 그 안에 얼굴이 비쳐 보인다. 피곤해 보여. 동의한다. 베니션 블라인드의 주름 다발이 햇살과 유희하며 좌우로 흔들린다. 쥐들. 가끔 꼬리 없는 쥐들이 두 발로 설 때가 있다. 나는 책상 위로 손을 뻗어 먹다 남긴 감자칩 봉지를 집는다. 어제의 참사 이후에도 여전히 바삭하다. 우리는, 내 컴퓨터와 나는 기계에 불과하다. 둘 중 하나가 다른 하나를 지배하기까지는 시간문제일 뿐이다. 나는 눈을 뜨고 휴대폰을 쥔다. 남편이 방금 메시지를 보냈다.

우리 딸이 아프다고 한다. 학교에 있을 때부터 두 번 토했어. 그리고 우리가 집에 도착하고 나서 세 번 더 토했어. 그 후 그는 내게 영상통화를 걸어왔다. 받고 싶지만 회의 중이다. 나는 빨간색 거절 아이콘을 누른다. 메시지를 보낸다. 미안해, 내가 쓴 문안이 취지에 맞는지를 두고 회의하는 사람들과 한 공간에 있어. 내 안의 어머니는 자신이 어머니가 아니라고 느낀다. 나는 눈을 깜박인다. 여기 어떻게 왔는지 기억나지 않는다.


18,599일


나는 기도한다. 비가 내리고 있다. 처음에 빗소리는 남자들 한 무리가 은밀하게 몸을 움직이는 발소리처럼 들린다. 남자들이 실제로 내 뒤뜰에 잠입한 건 아닌지 살펴봐야 한다는 생각이 든다. 요새 가끔 만사가 불확실하다는 느낌이 든다. 내가 생각하는 것이 불확실하다고. 들어봐. 사실이라고 믿어봐. 불확실하다는 느낌이 너무 강해져서 전부 서너 배는 시끄럽고, 크고, 실제보다 강렬하게 느껴진다. 내가 더 크게 말해야 한다는 기분도 든다. 사람들이 내 말을 더 잘 알아들을 수 있도록. 하지만 솔직히, 그들 중 대부분은 모르는 이들이다. 나는 기도를 끝낸다.


18,651일

상자 속 상자에서 나와 진짜라고 느껴지는 기분을 노래하고 싶다. 이름도 없이 스르르 사라져버리는 느낌들 대신. 머릿속의 격변을 분석할 뿐인 기나긴 시를 그만 쓰고 싶다. 멈췄다고 생각되는 행위를 반복하며 원점으로 돌아가고 있는 것 같아. 창밖 오렴자나무는 고요하고. 무수히 많은 나뭇잎 끄트머리에 매달린 빗방울들이 반짝이고 있어.


18,665일

오빠의 화장실에 여자의 시신이 있다. 나는 도와줄 이를 찾아 비명을 지른다. 나는 경찰과 택시 회사에 전화한다. 그들이 빨리 오겠다고 말한다. 갑자기 올케가 나타나 시신을 닦기 시작한다. 이봐! 그러면 안 돼! 멍청한 년! 나는 그녀를 향해 계속 소리를 지르지만 그녀는 멈추지 않는다. 나는 침대에 앉는다. 이상한 일이었어.

18,697일

비서가 내 명함이 든 상자를 건넨다. 나는 그녀가 명함을 인쇄하기 전 내 직책을 시니어 카피라이터 & 유행어 사냥꾼이라 쓰고 싶다고 말했었다. 아주 마음에 들어요, 고마워요. 나는 그녀를 향해 환히 웃는다. 명함 두 장을 집으로 가져가 남편과 딸에게 줄 생각인데, 둘 다 아주 좋아할 것이다. 하지만 내 이름 표기가 잘못되었다는 것을 깨닫는다.


18,741일

나와 친구들은 학교를 마치고 최신 스티븐 시걸 영화를 보러 극장에 갔다. 열 명의 소녀 소년들인 우리의 교복에는 땀과 데오도런트 냄새가 물씬 배어 있다. 우리는 서로의 농담에 전에는 그토록 재미있는 얘기를 들어본 적 없다는 것처럼 웃어대고 있었다. 해변의 마녀를 뭐라고 부르게? *샌드위치.* 소년 하나가 비명을 질렀다. 그 애가 오른손으로 눈을 덮었다. 씨발! 씨발! 벌에 눈이 쏘였어!

나는 늘 너무 크게 웃으면 비극적인 일이 생길 수 있다고 믿어왔다.

내 눈이 약간 경련했던 것을, 그리고 애써 눈을 비비지 않으려고 했던 것을 아직도 기억한다. 우리가 흩어지던 모습이 눈에 선하다. 아무도 어떻게 해야 하는지 정확히 알지 못했다. 우리 중에서 몇 사람이 불행한 친구를 의사에게 데려갔고, 나를 포함한 나머지는 흐느끼면서 집으로 돌아갔을 것이다.

나는 오른쪽 눈을 비빈다. 나는 유리판 너머의 숙녀에게 직불 카드를 건넨다.

"B6부터 B8 좌석까지 주세요."


18,782일

우리는 비바람이 사무실의 두꺼운 유리창을 때리는 소리를 듣는다. 몇몇이 컴퓨터에서 고개를 돌리고 그저 탄성을 내뱉는다. 우와! 우리가 있는 곳에 갑자기 생기가 돈다. 길라, 켄쳉 방옷 니, 삼페 크등으란 크 달렘.° 그렇다, 정말이지 미친 것처럼 끔찍한 광경과 소리다. 우리는 지난 몇 주 동안 새해 첫날 도시 대부분을 집어삼켰던 홍수를 적어도 스무 번쯤 떠올렸다. 섣달그믐 늦은 오후부터 그치지 않는 비가 얼마나 퍼부어댔는지. 우리 중 누군가는 오젝 기사들이 아무도 주문을 받지 않아 집으로 아메르°°와 맥주를 배달시킬 수 없었고. 물이 빠르게 불어나 우리는 물건들 대부분이 침수되는 걸 막을 수 없었다. 아직도 생생하게 기억이 난다. 아아, 저기 우리의 보험증서가, 오래된 사진들이, 그리고 책들이 떠내려간다! 우리는 어쩌다 샌들이 떠다니다 흘러가버리는 걸 보고만 있을 수밖에 없었나. 그러다 우리는 어쩌다 그저 테라스에서 담배를 피우며 화장실도 물에 잠겼으므로 너무 많이 마셔서 소변을 참지 못하는 상황을 피하려고 차를 조금씩만 마시며 앉아 있게 되었는지. 나는 누가 변기를 내렸을 때 어떤 일이 벌어질지 상상조차 하고 싶지 않았다. 그래서 우리는 담배를 피웠고, 조금씩 차를 마셨고, 스트레스를 누그러뜨리려고 이런저런 농담을 나누었고, 그러는 내내, 우리의 발은 물에 잠겨 있었다. 우리는 너무나 많은 사람이 이보다 최악의 상황

○ 거칠게 번역하자면 이런 뜻이다: 제기랄, 밖에서 비가 너무 세차게 내려서 유리창 반대편에 있는 우리한테까지 들리네.

○○ 안구르 메라anggur merah의 줄임말로 싼값에 취하고자 하는 이들에게 인기 있는 붉은색 허브 술.

에 놓여 있다는 걸 알고 있었다. 어느 지역의 가족들은 익사를 피하기 위해 지붕 위로 기어올라야 했다. 그들이 집으로 돌아갈 수 있기까지는 여러 날이, 심지어는 몇 주가 걸렸다. 나는 의자에서 몸을 일으키고, 출입 카드를 손에 쥐고, 화장실로 걸어간다. 동료가 아래층에서 점심을 먹겠느냐고 묻는다. 그럼, 좋지. 스타벅스에서 만나.


18,819일


남편이 나와 딸을 깨운다. 그가 뭐라고 하는지 알아들을 수가 없다. 나는 침대에서 내려오고 발이 차가운 물에 잠긴다. 제기랄.


18,847일


이제 비가 내릴 때마다 몸이 약간 떨린다. 바로 지난밤처럼. 남편과 나는 깨어 있었다. 집에 있는 테이블이란 테이블 상판마다, 선반장마다, 선반마다, 주방 작업대 위조차 방수가 안 되는 물건들이 점거하고 있다. 그래서 침실 바닥에 물이 넘칠 때도, 우리는 그냥 바라보기만 할 뿐 순서대로 화장실에 간다. 오래 지나지 않아 비가 그친다. 우리는 침대에서 내려오고, 이번에는 물이 무릎 바로 밑까지 올라온다. 우리는 다른 방들의 피해를 확인하러 간다. 딸의 매트리스는 걸레처럼 축축하다. 그 애의 선반장도 마찬가지다. 이제 갈색이 된 아래쪽은 대추dates처럼 주름졌다. 이것들을 다 내버려야 해.

제기랄.

나는 담배에 불을 붙인다. 담배를 피우고 침대로 돌아가 계산하지 않고 버티기로 마음먹는다, 아직은. 그리고 물이 사라질 때까지 자기로.


18,877일

사람들은 참 재미있지. 자기 집이 침수되지 않은 사람들은 이렇게 말하면서 우리를 깎아내리는 것 같아. 아시겠지만 당신보다 훨씬 더 나쁜 상황을 겪은 사람들이 있어요. 반면 우리보다 훨씬 더 나쁜 상황을 겪었던 사람들은 우리에게 격

려의 말을 해주었다. 불행은 경쟁이 아니다.


18,915일


나는 직장으로 가는 택시 뒷좌석에 앉아 있다. 15분, 대략 그 정도의 시간을 인터넷에서 N95 마스크를 검색하고 가격을 비교하며 보내서 조금 어지럽다. 실은 지난밤 위시리스트에 몇 가지를 저장해두었는데 판매자들이 가격을 두 배로 말도 안 되게 올렸다. 지금은 더 알아볼 수가 없다.


18,916일


나는 남편에게 그가 일하는 언론사는 지금 우리나라에 퍼지고 있는 바이러스에 대해 아는 바가 있느냐고 묻는다. 그가 대답한다. 글쎄, 보통 당신이 매체에서 보거나 읽게 되는 건 현실보다 끔찍하지 않지. 하지만 이번에는, 수상하게도, 저들이 논조를 낮추고 있어. 정부는 곧 완화 조치를 취해야 해.

나는 휴대전화를 들고, 쇼핑 앱을 켜고, 위시리스트 버튼을 누르고, 내가 전날 저장해둔 마스크들이 전부 품절되었다는 것을 알게 된다.

인간 혐오가 스멀거리기 시작한다. 이윤만 찾는 자들 모두 엿이나 먹어라. 나는 검색창에 N95 마스크라고 입력한다. 저들은 어떻게 전 세계적 보건 위기를 화폐로 바꿀 생각을 할 수 있었나. 지역별 검색, 조건별 검색, 등급별 검색, 주문 가능 수량별 검색. 상품을 보여주세요. 가격별 정렬. 돈은 사실상 만악의 근원이다. 특히 우리가 필요로 할 때. 하, 끔찍한 농담이 아닐 수 없다. 나는 여기가 합법적인 온라인 상점이기를 바란다. 나는 이것이 돈 낭비가 아니길 바란다. 사라. 뭐든. 아무튼 우리는 모두 죽을 것이니.

좋아, 이틀이면 우리 집으로 마스크가 배달될 거야.

18,919일

프레젠테이션 하는 날. 클라이언트들이 마음에 든다. 우리가 그들에게 제안하는 내용이 마음에 든다. 공원에서 산책

하는 것처럼 쉬워야 해. 도시에 공원들이 충분하다면 말이지만. 꽃과 푸른 잔디가 있는 공원 말이야. 나는 다시 중얼거린다, 머릿속에서.

그리고 동료 두 사람이 들어오는데, 모두 마스크를 쓰고 있다. 둘 다 기관지염이 있다고 한다. 둘 다 소파에 털썩 주저앉는다. 클라이언트들이 도착하면 우리를 깨워줘.

나는 망했다.


18,921일

눈이 뜨겁다. 재채기를 너무 많이 하다가 지쳐버렸다. 쉬지 않고 코를 풀어대다가 지쳤다. 눕고 싶지만 누우면 숨을 쉬기가 어렵다.

나는 완전히 망했다.

18,922일

　조금 나아졌다. 하지만 딸이 아프다. 오늘 집에서 일해
야 할 것 같다고 상사에게 메시지를 보낸다.


18,923일

　일하러 가야만 한다. 나는 군장을 갖추는 병사처럼 마스
크를 쓴다. 나는 택시에 올라 몇 번 가짜로 기침해서 기사의
기분을 상하게 하지 않는다.° 나는 눈을 감고 자는 척한다.
내릴 때 고맙다고 말한다.

　로비에 들어선 순간부터 책상 앞에 앉을 때까지 최소한
여섯 명의 기침하거나 재채기하는 사람들을 지나친다. 그들
중 둘은 나와 같은 엘리베이터를 탔다. 나는 소독제로 나 자
신을 분사해버리고 싶다. 나는 그들을 소독제로 분사해버리

---

　○ (번역자 주) 일종의 예의범절과 관련된 맥락: 나는 마스크를 쓰고 있는
　　데 상대방이 그렇지 않은 경우, 내가 무례하다고 여겨질 수 있다. 따라서
　　화자는 자신이 마스크를 쓰고 있는 이유가 스스로가 아니라 기사를 보호
　　하기 위함을 보여주기 위해 기침을 꾸며낸 것이다.

고 싶다!

나는 숨을 깊이 들이마시고 손 소독제로 손을 닦는다. 책상과 키보드를 살균 티슈로 닦는다. 문구류와 페이스 미스트를 정리하고, 사용하지 않은 종이들을 버린다.

동료 하나가 문을 열어젖히고 들어오면서 고객 한 사람이 막 봉쇄정책의 영향을 받게 되었다고 외친다. 그들은 오늘 미팅을 취소했다.

나는 조용히 서랍을 열고 내용물 중 일부를 내 가방에 넣는다. 작업 중이던 컴퓨터 파일을 전부 클라우드 저장소에 복사했다. 나는 다시 손을 닦는다. 살균 티슈를 한 장 더 꺼내 출입 카드를 닦는다.


18,924일

다들 미쳤어! 토요일인데 경영진에서 아무 말도 없잖아! 월요일에도 출근해야 하면 어쩌나?

그렇다면, 월요일에 출근하지 마. 하지만 나를 믿어. 정
부가 오늘 늦게 아니면 내일 성명을 발표할 거야.


18,925일


정부가 앞으로 14일간 사회적 거리 두기 정책을 시행하
겠다고 발표한다.


아직도 사무실에서 아무런 이메일이 오지 않고 있어!


침착해.


18,926일


나는 집에 머무르면서 동료의 인스타그램 스토리를 통
해 재택 근무 조치라며 집에서 일하라고 하는 경영진을 본다.
사무실은 꽉 차 있다. 약간 몸서리가 쳐진다. 그 후 집으로 데
스크톱 맥을 가져가는 디자이너와 일러스트레이터 들을 본
다. 꽤 혼란스럽다.

작업 중인 파일을 다루는 법과 화상회의 앱 설정하는 법, 재택 근무 시의 업무 절차, 근무시간 기록표 작성법에 관한 지시 사항으로 채워진 메시지들이 연달아 수신된다.

갑자기 피로하지만 안도감도 든다.


18,927일

재택 근무 첫날. 집에다 꾸며놓은 근무 환경 사진들을 공유하는 모두가 활기차 보인다. 첫번째 화상회의는 즐거웠다. 우리는 학교에 다니는 어린애들 같다.


18,934일

그래, 쉽지 않다. 우리가 집에서 일하고 있다는 이유만으로 24시간 가동되는 것 같다. 아이들을 먹여야 하고, 빨랫감과 설거지거리가 있고, 형제자매들이 이 바이러스를 심각하게 받아들이지 않을 때, 우리는 어떻게 촉박한 마감일에 따라 일할 수 있을까? 그들에게 나는 그저 만사에 과민 반응하는 쪼끄만 여자애, 가족 중의 괴짜로 보이리라는 느낌이 든다.

많은 것들에 감사해야 하지만 오늘 아침 나는 울지 않을 수 없었다.


18,945일

재택 근무 조치가 연장되었다.


18,959

남편과 나는 소독제로 병들을 소독한다.


18,960

나는 바나나를 소독한다.

250

18,975일

한밤중이고 비가 오고 있다.


18,976일

휜담비 소리가 아니야. 누가 우리 집 지붕 위를 걸어 다니고 있다는 생각이 들어.


19,000일

비상사태가 오고 있어 지금 여기 침실 모든 구석에서 나방과 빈대를 몰아내 나는 우리 딸에게 말했어 그리고 이제 그 애의 목구멍에 벌레가 있네 우리는 그 애에게서 벌레를 꺼내야 해 저항하지 말려무나 애야 우리가 할 수 있는 게 없어 그들은 동족을 부를 거고 우리를 도륙할 거야 더는 그 애에게 침대 머리맡에서 이야기책을 읽어주지 않아서 미안하지만 나는 더는 이야기꾼들을 믿지 않아 조심해! 방금 말벌이 창문으로 날아들었어 엄마를 용서하렴 네가 아직 어린애

라는 걸 잊어버리다니 나는 참 바보야 감염된 정신이란 어찌
나 전염성이 강한지 나를 용서하렴 내가 갖고 있지 않은 내
가 기억하고 싶지 않은 기술을 어떻게 네게 가르쳐줄 수 있
담 나는 네게 이미 너무 많은 걸 요구해왔다는 걸 알아 내가
네 어린 시절에 있을 수 있다면 그래서 우리에게 두 팔과 두
다리를 모두 들고 신이 난 아이처럼 식탁 주변을 뛰어다니라
고 말할 수 있다면 그래서 네가 가끔 삶은 이야기를 필요로
하지 않는다는 걸 알 수 있도록 그러는 동안 나는 우리의 두
개골에서 지네들을 꺼내려고 실랑이를 벌일 거고 가슴 찢어
지는 슬픔과 악몽들을 지우고 그것들을 플라스틱 상자에 넣
을 거야 내가 네 얼굴을 더는 못 보게 되기 전에


19,997일


정원에 꽃이
나무에 꽃이
자갈길에 꽃이
우산에 꽃이
컵과 컵 받침에 꽃이
음악에 꽃이

꽃이

꽃이

꽃이

여기에

그녀의 미소에

먼 장소에

추위에 떠는

표면에 뼈가 튀어나온

이제 검어진 그녀의 관절에

여러 색으로 씌어진

꽃들의

그림자로 얼룩진

유리창

아무것도 덮이지 않은 그녀의 관절에

피어나는

퍼붓는

피

꽃 위로

카펫 위로

꽃들 사이로

누가 보고 있지?

작은 아이를

너는 그 애에게 말한다

옷을 벗으라고

네 앞에서

너는 너를 보는 그 애를 본다

그 애가 본다

꽃병 속 꽃을

커튼의 꽃을

벽의 꽃을

침대의 꽃을

주머니 속 꽃을

꽃을

꽃을

꽃

ㄲ

......



19,998일


이런 문구를 붙이고 다니던 시내버스 몇 대를 봤던 기억


254

이 나고 오늘 계속 생각난다.

**우리는 여러분을 더 잘 모시기 위해 결코 잠들지 않습니다.**


19,999일

나는 똑똑하게 보이는 걸 즐기는 사람들을 많이도 만나
왔다. 어느 단체 채팅방에서 어떤 사람이 이렇게 말한 적이
있다. 지나간 것은 강렬함을 잃는 법이지. 다른 사람들의 얼
굴이 보이지는 않았지만, 나는 누구에게도 이 말에 내가 실
제로 대답했다는 만족감을 주고 싶지 않았다. 그래, 조금도.
아주 냉소적이기는 했지만. 똥 이모티콘조차.


20,001일

우리는 살이 접히는 곳마다 땀이 흐르는 더운 나라에 있
다. 아버지, 어머니 들의 기억보다 빠르게 해가 뜨고 지고
　　　아직 모두 어린애인 그들은
　　　자신들의 혼란스러운 사랑보다

나이가 많은 아이들을 기르며

간다.

그라티아구스티 차나냐 롬파스

시집으로 『이 도시는 불꽃이다*Kota ini Kembang Api*』
『비-특정*Non-Spesifik*』과 에세이로 『가족 문제*Familiar
Messes*』 한 권을 출간했다. 2018년에는 「몸들이 하나
씩 죽는다」라는 시로 호커상(Hawker Prize for Southeast
Asian Poetry) 우수상을 받았다.

작가는 2000년 최초의 인도네시아 온라인 시 커뮤니
티 중 하나이며 '모두를 위한 시'라는 모토로 유명한
'꼬무니따스 분가마따하리(해바라기 공동체)'를 공
동으로 설립했다. 현재는 매달 자카르타에서 공개적
으로 열리는 행사인 '파빌리운 푸이시'에 조직위원으
로 참여하고 있다. 이 무대는 저마다 다른 배경을 가
진 사람들이 시를 읽거나 다양한 형태의 퍼포먼스를
펼치며 자신의 이야기를 공유하는 안전한 장소가 되
어왔다.

인도네시아어와 영어로 글을 쓴다. 가끔 인스타그램
(@violeteye)으로 자신의 일상 한 조각을 공유하기도
한다.

번역: 한유주

คเมอวาน เดยวกหายไป

15번가의 연립주택 거실에서 흔들의자에 앉아 있을 동
안 어머니는 소파에 앉아 목도리를 뜨고 계셨다. 우리는 브
라운관으로 48年 전에 녹화된 영상을 함께 보고 있었다. 가
라오케 화면이었고 수영복 차림 사람들이 플로리다 해변
에 누워 웃고 있었다. 우리는 세계를 기억하고 있었다. 그것
은 부드러워지지 않았다. 교통사고를 당해 4D 프린터로 뽑
은 뇌를 이식했을 때부터 흔들의자에 앉아 영원한 플로리
다 해변을 바라보고 있었다. 어머니가 조그맣게 노래를 흥얼
거리고 계셨다. 귀를 기울이면 커튼은 멈춰 있었다. 놀이터
의 아이들을 상상했다. 눈을 감았다 뜨는 일을 상상하는 일

처럼. 랩을 지껄이는 꼬마들이 있었고 언젠가 길거리에 서 서 책을 읽던 친구들이 있었다. 두 손으로 책날개를 받쳐 읽 거나, 책을 반으로 접어 한 손에 쥐고 있거나, 벽에 기대 팔 짱 낀 채 이미 외워둔 책을 되뇌며 그들은 걷다가 멈춰 서서 가만히 있었다. 과거를 창조하듯이. 제레미야가 4D 프린터로 뽑아준 뇌는 餓死한 소설가의 12달러짜리 도면이었다. 식탁 에는 패 돌리다 만 카드 게임 섞여 있고 흔들리는 사물 없었 다. 가라오케 화면이 해변에서 스키장으로 바뀌어 새하얀 빛 이 거실 마루로 퍼져오는데 만져지지 않았다. 어느 날 어깨 위로 맺혀 있던 불빛처럼 말없이 광장에 서 있던 친구들이 집으로 떠나갈 때, 뒤돌아선 그들의 어깨 위로 맺혀 있던 도 시의 불빛보다 희미한 존재감으로 걸어가던 친구들의 그림 자는 엘리베이터의 문이 열리면 부채꼴로 흘어지고 아무도 그들을 찾지 않았다. 흔들의자에서 영원한 스키장을 바라보 고 있었다. 스키복 입은 이들이 활강하며 사라져갔다. 위에 서 아래로. 화면에서 화면 밖으로. 고개 숙인 어머니의 머리 칼과 깨끗한 난초 사이로. 친구들은 카페에서 커피 한 잔을 시켜놓은 채 일곱 시간 동안 앉아 있었고 밤이 수치심의 용 량만큼 유리창에 젖어들면 테이블보에 그려진 도형의 패턴 을 좇다 일어나 집으로 돌아왔다. 종업원을 지나, 공터의 부 서진 탁구대를 지나, 물 없는 분수대를 지나, 고개 숙여 지나

259

가는 말들을 올려다보며 그늘은 그늘의 슬픔보다 높은 곳에서부터 사라져갔다. 흔들의자에 앉아 밤의 스키장을 지켜보고 있었다. 성탄 불빛 품에서 곤돌라에 나란히 앉아 웃고 있는 연인을 보았다. 4D 프린터로 뇌를 뽑아준 제레미야는 감방 동기였다. 자기부상택시 기사였던 제레미야는 승객을 태우곤, 승객의 목적지와 상관없이 522시간 동안 모래해변을 날아다니다 수감됐다. 아가리 같은 모래파도와 그 위에 걸쳐진 달에 대해 이야기하는 동시에 제레미야는 제레미야의 이야기를 믿지 않았다. 出所한 지 한 달쯤 지났을 때, 우리는 각자 자율 운행 차량 몇 대를 털고 나오는 길에 우연히 만나 배도 채울 겸 한 탕 더 뛰기 위해 전철에 올라 구시가지를 향해 가고 있었다. 유리창에 고개를 기대 잠든 시늉하는 제레미야의 얼굴 위로 창밖의 네온사인 번져오고 옆 칸에선 농구공 하나가 주인 없이 굴러다녔다. 꿈속에서 굴러 나온 것처럼 흔들의자에 앉아 영원한 크리스마스를 보고 있었다. 홀로그램 폭설이 내리는 거리에서 서로를 마주하고 앉아 국수를 먹을 동안 안개에 가린 골목으로부터 개 짖는 소리가 저음질로 들려왔다. 우리는 손목을 열어 강도질한 데이터들을 서로에게 설치해줬고 제레미야가 훔쳐온 데이터는 모래빛깔 여명이 드리운 하마드 공항에 가만히 앉아 비행기 탑승 시간을 기다리고 있는 인간의 12초짜리 기억이었다. 조

금 어지러운 말소리들과 섬세한 소음으로 이어진 아랍어 안
내판 글귀 아래 잠들어 있거나 책 읽는 사람들, 가끔 커피
향 희미하게 젖어와 의자에 반쯤 눕다시피 기대어 물결처럼
공항 유리창을 통과해오는 햇살을 얼굴로 받아내는 일이 신
비로웠다. ไม่ต้องถาม ไม่ต้องทน ไม่ต้องหวง ไม่ต้องวน ไม่ต้องขอ
ไม่ต้องค้น ไม่ต้องร้ง ไม่ต้องสน แค่เพียงเธอ ได้เข้าใจ ไม่ยากใช่ม้ย
แค่เพียงเธอคนเดียว ไม่ต้องถาม ไม่ต้องทน ไม่ต้องหวง ไม่ต้องวน
ไม่ต้องท้อ ไม่ต้องทน ไม่ต้องร้ง ไม่ต้องสน แค่เพียงเธอ ได้เข้าใจ
ไม่ยากใช่ม้ย แค่เพียงเธอคนเดียว 흔들의자에 앉아 가라오케 자
막을 읽고 있었다. 기억이 회절하듯이. 책을 읽던 친구들이
책에게서 눈을 떼어 눈앞을 그려냈듯이. 그들이 서로에게 자
신의 일기를 건네주곤 비 내리는 기차역에서 포옹하고 이별
할 때까지 풍경 바깥으로 빗나가던 빗방울의 폴리곤처럼 객
실 안에서 책으로 얼굴을 가리고 자던 친구들이 지어낸 표정
에 책 종이가 젖지 않았다. 투명한 커튼 너머로부터 노을 진
창밖의 광원이 귤빛으로 번져오고 흔들의자에 앉아, 어머니
가 흥얼거리는 미더사운드 노랫말을 들으며 다시 멀어지는
빛의 길이대로 드리우는 그늘 아래에서 어머니의 그래픽을
지켜보고 있었다. 동체 이식 수술로 마침내 저해상도의 시선
을 얻게 된 체레미야는 온종일 하늘을 지켜보다 실종됐고,
친구들의 시신은 오염된 흙 아래에서 그들이 읽어온 문장들

261

처럼 지리를 잊어갔다. 그 모든 문장들이 사실상 누구에게도 조금도 기억될 필요가 없었듯이 우리는 상실할수록 삶과 닮아갔다.

## 수록 작품 발표 지면

## 참고 문헌

아르테미 마군, 「공산주의의 부정성: 존재론과 정치 (3)」, 〈수유너머 104〉, 박하연 외 옮김, 2016. (https://nomadist.tistory.com/473?category=849409)

Frank ocean, 「Chanel」

Howard Caygill, *The future of Berlin's Potsdamer Platz*, Norwich: Centre for Public Choice Studies, 1992.

Yellow Fang, 「แคลเพย (If only)」

Shabazz Palaces, 「Are you... Can you... Were you?」

Solveig Suess, 「AAA Cargo」

나고야 역에서 JR선을 타고 기타고도 역까지. 기타고도 역에서 버스를 타고 이토 중학교 정류장에 내리면 오노 활공장이 나온다.

넓고 기다란 들판 이곳저곳에 정비복 입은 이들 여럿 모여 있고 익숙한 얼굴들 햇빛에 번져 오른 채, 가장 먼저 마중 나온 케이타는 놀란 얼굴로 달려와

本当に来るとは思わなかった。(정말로 올 줄 몰랐어)

지난달 산젠자야 삼각지대에서 함께 마셨던 미유키와 하야토까지 불러내,

うわっ、本当に来ましたね。

信じられない。どうやってここまで来たの?

(믿을 수 없어. 여기까지 어떻게 온 거야?)

다 같이 웃으며 인사 나눴다.

정비사 회의 때문에 미유키와 하야토가 사무실로 뛰어 돌아가고서, 활공장을 구경시켜주겠다 앞장선 케이타의 머리 너머 푸른 상공으로부터 노란색 글라이더 한 대가 흔들리며 착륙해왔다. 들판에 다다라 흔들림 서서히 멎어가면 운항조수들이 조심스레 다가가 양쪽에서 날개를 받쳐주고

面白そうじゃない?

(재밌겠지?)

케이타는 재활원 사람들의 안부로 시작해 간호원 이가사키 씨가 여전히 애인이 없는지 물어오며

どう？正式に退院した感想は。おれは最初に適応できずに2週間で戻ってきたからさ。伊ケ崎さんにすごく怒られてね。またくすりをしたくなったわけではないけどただ怖かった。お前みたいに外出期間に面接を受けたわけでもないからさ。一日中一人でサウナにいたんだ。男の子たちを見ていたが寝てはいないよ。ただ座っていただけ。本当に。もちろん自衛集合時間には参加はしたけど。

(삿포로의 파티에 갔을 때, 이미 약에 취해 집단 자해를 하는 이들을 피해 발코니로 나갔어. 함박눈이 내리고 있었지. 빌어먹게 추웠지만 발코니 바깥으로 춤추는 눈송이들이 천천히 난간 위에 쌓여가는 모습이 너무 부드러워 눈을 뗄 수 없는 거야. 온몸이 얼어붙어가는데도 발코니를 밤새도록 서성거리며 눈에 잠기는 스스키노 거리를 지켜봤지)

낮은 언덕을 타고 내려온 바람에 풀 누우면 풀 향이 풍선 터지듯이 어느새 건너편 나무들을 흔들고, 케이타는 활공장에 떨어진 담배꽁초가 보일 때마다 주워 작업복 뒷주머니에 넣으며.

それから本田の葬式に行ってからはちゃんとするようになった。ごめん、そんな話はよそう。

(그날 약에서 깨어나 정신을 차려 보니 서울의 이름 모를 가라오케 방 안이었어)

말을 거둔 케이타의 등 뒤로, 미유키와 하야토가 창고에서

267

하얀색 글라이더 한 대를 빼내고

これから一緒にあれに乗る。

케이타가 먼저 글라이더에 탑승해 계기판 점검할 동안 하야토가 글라이더의 한쪽 날개를 붙잡아 균형을 맞춰주며 케이타와 농담 나눴다.

私たちあの日何軒行ったの？あの鉄板焼き屋さんの後からはまったく記憶がない。

(우리 그날 몇 차까지 마신 거야? 거기 철판요리 가게 이후로는 기억이 전혀 안 나)

미유키는 어제도 술을 많이 마셨다고 토하는 시늉하면서

もう完全に退院したの？先輩もここに戻ってきてからはもうやらないらしいよ。たまに酒に酔うと北海道に行きたいって泣き声になるけどね。

(어제는 저 새끼랑 섹스하고 있는데 갑자기 나와 저 새끼와 방의 시점들이 한꺼번에 떠올라 뒤엉켜버리는 거야)

쪼그려 앉아 담배 피우며 하야토가 도와달라 투정 부리면 못 들은 척 계속 제자리서 담배 연기 뱉으면서

わたしは薬はしたことないけど、先輩がなぜそうしたのかは分かる気がする。東京に行く電車の中で車窓の外を見るたびにそうなるのよ。

(내가 어디인지 모르겠더라고. 내가 어디에 있는지 모르는 게 아니라 내가 어디인지 모르겠어)

268

준비가 끝났다는 케이타의 신호에 미유키는 무전기 챙겨 관제소로 들어가고, 하야토는 글라이더 탑승 방법 안내해줬다.

　　コックピットに入って座り込むのじゃなくて、このようにいったん外側に腰かけたあと、足を片方ずつピーコックの中に入れるんです。

　　하야토가 시범 보여주면 케이타는 하야토 등 뒤에서 입 모양과 손짓으로 하야토 놀리고, 피콕의 문 닫히자 정비복 입은 이들 네다섯 명 더 달려와 글라이더 하단에 윈치 줄 연결하기 시작해.

　　出発の時少し揺れるけど怖がることないよ。むしろUSJのジェットコースターの方がずっと危ないよ。

　　높이 낮은 기체에 앉아 있으니 서 있을 때보다 들판이 더 가까이 열려와 풍성한 햇살 따라 녹색 빛으로 흐드러지는 잔디 어지러웠다.

　　来てくれてありがとう。これが今おれが一番好きなものなんだ。

　　(옷은 장소야. 새 옷을 사야 새로운 장소가 되어 다른 장소들을 통과할 수 있어)

　　최종 점검 마친 이들이 글라이더 옆에 일렬로 서서 케이타 향해 거수경례한 뒤 뒤돌아 뛰어가자, 반대편에서 대기 중이던 윈치의 회전력에 이끌려 글라이더 순식간에 지면을 떠나 날아오르고.

100m。

驚かないで。

もう200mだよ。

想像よりずっと早いでしょう。

300m。今東京スカイツリーと同じ高さだよ。

(300m. 우리 지금 도쿄 스카이트리랑 같은 높이에 있는 거야)

기압에 먹먹한 귀 더 깊은 하늘 속으로 들어서면서 물처럼 여린 능선들 초록빛 경작지와 함께 기울어 창 아래로 흘러가고 윈치 줄 벗어난 글라이더 바람에 실려 천천히 상공을 부유하면 몸이 사라진 듯이 길게 누운 강줄기 근처에서 모두가 잠이 들어 있듯이 멀어질수록 고요한 작은 입체들 작위적으로 얇게 흩어진 구름 아래.

どう？(있지)

力をぬいて身を任せたら(요새 거울을 바라보면)

体がだんだん透明になって すべての場とつながるような気がするよ。(얼굴이 있어야 할 자리에)

天気のいい日に来てくれてよかった。(차원이 휘날리고 있어)

きっと幸運が訪れるよ。

일본어 번역: 안은별 / 일본어 감수: 오쿠노 테츠야